『おっぱい揉みたい』
って叫んだら、
妹の友達と付き合う
ことになりました。
4
JN104298

「ナツ君からの安心できる言葉が欲しいんです」

神崎未仔(かんざきみこ)

高校1年生。真面目で一途、
そして巨乳。理想の彼女

「激しいスキンシップ
しちゃうのがいいと思う～♪」

瀬下奏(せしたかなで)

高校3年生。
中学時代の未仔の先輩。
しっかり者で、草次の彼女

「既成事実作ってまえ」
冴木琥珀
高校2年生。男勝りで夏彦の悪友。
見た目に騙されて撃沈する男子続出
「大人感満載の服装でデートしよう！」
傘井新那
高校1年生で夏彦の妹。
未仔のクラスメイトで、
いつもマイペース

夏彦を誘うため、夏彦との行為を盛り上げるため。
そう言わんばかりの漆黒のセクシーランジェリーが、
未仔のエチエチな身体を一層アピールし、
夏彦の下半身事情をこれでもかと刺激し続ける。

「一緒に初体験をしましょう」

「ナツ君、ナツ君っ！
すっごく綺麗だね！」

目前に広がる景色に感嘆の声を漏らす。
夏彦と未仔の視界いっぱいに映るのは、
大きな大きなクリスマスツリー。
住宅街の中央広場にいるはずが、
まるでナイトパレードに招待されたような。

未仔ちゃん

12/17金

未仔ちゃん

明日は暖かい格好でデートしようね(*^-^*)　21：03

21：01　うん！　厚着とカイロの重装備でデートを満喫する所存です！

未仔ちゃん

私、体温高いからカイロ代わりに
貼り付いちゃおうかな？　21：04

21：05　貼るタイプの未仔ちゃん……!?　神アイテム!!!

未仔ちゃん

ナツ君にペッタンコ～～♪　21：05

21：06　ダメだ……。未仔ちゃんが尊すぎてデートまで待てない……。

未仔ちゃん

私もです！　なので電話で甘えちゃおっと♪　21：06

(通話時間 1:13:45)　21：06

未仔ちゃん

えへへ。心がポカポカになりました(*^-^*)　22：20

22：20　俺は燃えました

22：20　燃えました→萌えました

『おっぱい揉みたい』って叫んだら、妹の友達と付き合うことになりました。4

凪木エコ

角川スニーカー文庫

23076

目次

口絵・本文イラスト：白クマシェイク
デザイン：AFTERGLOW

プロローグ：天高くリア充肥ゆる秋

夏が明け、緑々しい木々が赤や黄に染まる10月初旬。

ついこの間までクーラーを点けたり、半袖Tシャツで過ごしていたのが嘘のよう。季節は秋へと完全に移り変わっていた。

少し肌寒くなってきたからといって、彼女を愛する気持ちも冷めるわけがなく。

「いいよ、いいよ、未仔ちゃん！　どんなモデルさんにだって負けてないよ！　ナイススマイル！　ナイスエンジェル！」

傘井夏彦、本日も絶好調。

学校の正門前。「ボディビルダーの品評会かよ」と言いたくなるくらいの掛け声と白熱っぷり。彼女である神崎未仔にスマホレンズを向け、ひたすら連写機能でパシャり続ける。

いくら彼氏だからといって、恥ずかしいものは恥ずかしい。

小柄な少女、モジモジ&ソワソワ。

「――え、えっとね、ナツ君。今は撮影中だから、その……、あぅ」

クリッと大きな瞳は夏彦を見たり見なかったり、ミルクブラウンな三つ編みを忙しなく触れ続けたり。華奢で真っ白な内もも同士を何度も擦り合わせてしまったり。

夏彦としては、そんな1つ1つの仕草がどうしようもなく可愛らしく、愛おしい。シャッターを押す指がやめられない止まらない。

撮影意欲が湧き続けてしまうのは、衣替えも影響するのだろう。

夏服から冬服へ。半袖シャツに別れを告げ、今では長袖とブレザーの王道スタイル。

「露出の増える夏こそ至高」と考えていた夏彦も、己が如何に浅はかな思考の持ち主だったかを思い知らされる。

まるで、日本料理の神髄は引き算に通ずるような。

スカートとニーソックス間の絶対領域は童貞心を鷲掴み、厚手のブレザーは未仔のボディラインを一層と立体的かつ艶やかにアピールする。露出減にも拘わらず、未仔のボリューミーな胸など、ツンと力強く主張しているのがハッキリ分かってしまう。

以前の衣替え時に比べて、未仔のカップ数が1つ上がったのは、また別の話。

夏彦の感想。

（おかえりなさい、冬服様……！）

シャッターを押し続ける未仔信者は、バカレシ以外にもいるようで、

「未仔ちゃん、アンタがナンバーワンや！　ここらで悩殺グラビアポーズいっとこか！

ひゅーひゅー！　ナイスおっぱい！」

夏彦の悪友、冴木琥珀(さえきこはく)もパシャパシャ。

「ミィちゃん、すっごく可愛いなぁ♪　ＴｉｋＴｏｋでバズること間違いなしっ。インフルエンサーになること間違いなし〜♪」

夏彦の妹、傘井新那(にいな)もパシャパシャ。

３人揃(そろ)って、

「未仔ちゃん！　カメラに向かってキュンですポーズをお願いしまーす！」

「ノンノン！　ここは悩殺グラビアポーズ一択やから！　未仔ちゃん、両乳を下から掬(すく)い上げて誘惑してみよか！」

「ミィちゃ〜ん、顔隠しちゃダメだよっ！　ムービーなのでできれば踊ってください！」

未仔信者が喚(わめ)けば喚くほど、シャッター音が鳴れば鳴るほど。他の生徒たちも「何事？」「アイドルの撮影会？」「ちょっと行ってみんべ」と集まってきてしまう。

限界を迎えた未仔、魂の叫び。

「〜〜〜っ！　恥ずかしいポーズは取れないよう！　きゅ、きゅんで〜〜す！」

真っ赤になって叫びつつ、親指と人差し指を交差させたハートマーク、夏彦の要望であるキュンですポーズでハイチーズ。

さすがは彼氏ＬＯＶＥな未仔。恥ずかしがりながら、反射的に期待に応えてしまう。

そんな健気(けなげ)で純粋すぎる彼女に、夏彦・琥珀・新那の３人がほんわか笑顔でサムズアップしてしまうのは言うまでもなく。

今現在、何をしているかというと、未仔のアイドル写真集作り。

――ではない。

来年度用の入学希望者に向けたパンフレットを制作中で、学校側から頼まれた未仔が被写体(モデル)を務めているというオチである。

教室や体育館、グラウンド、中庭などなど。学校の色んなところでカメラマンや付き添いの教師と共に、在校生代表として一生懸命頑張っているというわけだ。

余計なギャラリーたちを引き連れて。

呆(あき)れるのはカメラマンや教師だけではない。

「お前ら、撮影の邪魔しちゃダメだろ……」

メンバーの中で最も常識的な男、伊豆見草次(いずみそうじ)が大きくため息づく。

放課後ということで真っ直(まっす)ぐ帰宅予定だった草次なものの、どこで嗅ぎ付けたのか。

『私も未仔ちゃんの撮影会に向かいます！　そーちゃんは帰らないでね！』

というメッセージを、彼女であり未仔愛好家の一人、瀬下奏(せしたかなで)から受け取ってしまう。

いうわけだ。

クールな男は変態カメラマンたちを肴に、ホットコーヒーを飲んで待ちぼうけているというわけだ。

（俺が残る理由って一体……）

呆れる草次も何のその。夏彦はユルッユルな笑みで話しかける。

「いや〜〜♪　カメラマンさんが未仔ちゃんを撮ってるの見てると、『負けるもんか！』って無駄な対抗意識が芽生えちゃってさ」

「本当に無駄だと思うわ」

「こんな未仔ちゃんの晴れ舞台、撮らないほうが罰が当たるね！」

草次に白い目で見られようと、フォルダに満たされた未仔コレクションがある限り、夏彦にはノーダメージ。バカは輪廻転生しても治らない。

「でも不思議だよね〜」

妹の発言に、「ん？」と夏彦は首を傾げる。

「新那、何が不思議なんだよ」

「だってだよ？　ミィちゃんは可愛いからモデルに選ばれたのは分かるけど、夏兄も選ばれてるんでしょ？」

「う……」

さすが妹。血縁関係ともなれば、スマートかつ端的に急所をえぐって来る。

そう。夏彦はカメラマンごっこをしているが、しっかりと男子高生モデルとして抜擢(ばってき)されているのだ。

被写体に選ばれた理由は、夏彦としてもイマイチ分かっていない。

強いて予想するとすれば、学園側の適当な采配。

「男子のモデルは誰でもいいんじゃね？　彼氏使えばいいんじゃね？」とか。

「ルーレットで決めたれ。傘井夏彦？　ＯＫＯＫ。誰か知らんけど」とか。

全うな理由が思い浮かばないのが、平々凡々な男の宿命である。

新那追い打ち。兄と草次の顔を交互に眺めつつ、

「絶対、伊豆見先輩のほうが相応(ふさわ)しいと思うけどなぁ」

「ひ、人には持って生まれた顔があるから仕方ないだろ！　父さんと母さんに謝れ！」

「お前が謝れよ」と草次が呟(つぶや)けば、夏彦の瞳から一筋の綺麗(きれい)な涙がこぼれる。

「これが昨今話題の親ガチャか……」

「もっと自信持ちぃや」

「琥珀……？」

持つべきものは友。落ち込む夏彦の肩に、そっと琥珀は手を置いてくれる。

「ジャンプもそうやろ？」

「え。ジャンプ？」

「カッコ良くて憧れるタイプのキャラクターは確かに多い。けど、ダメダメなヘタレキャラも需要あるやん。自己投影できるって素敵やん」

ニッコリと優しい表情の悪友に尋ねずにはいられない。

「なぁ琥珀」

「なになにナツ」

「ということはだぞ？　――俺が選ばれた理由って、『初期アバターみたいな男でも入学できてます』って安心感を与えるためってこと……？」

琥珀は思う。

「ああ。やっぱり、ナツの表現は独特でツボやわ」と。

「プッ――――――！」

「～～～っ！　人爆笑するんじゃねえ！」

「アヒャハハハ！　ナツのおかげで、過去一の入学希望者待ったなしやで！」と抱腹絶倒する琥珀が清々しい。

初期アバターの顔面を、関西女がパシャリ続けていると、

「おーい、ナツく～～ん」

個人撮影が一段落着いたようだ。未仔が小柄な身長をカバーすべく、一生懸命背伸びして夏彦へと手を振り続ける。

未仔の表情が嬉々としているのは、待ちに待ったボーナスタイム、夏彦との2ショットを撮影する時間に突入したからだろう。

「というわけや、ナツ。当たって砕けてこい」

「砕けてたまるか！」

鼓舞か別れの言葉か。ケラケラ笑う琥珀に尻を引っ叩かれつつ、彼女の待つ正門前へと夏彦は歩を進めていく。

数秒前までの友に対しての憤り、一矢報いてやるという反抗心は何処へやら。

「やはり自分は矮小な存在なんだ」と痛感せざるを得ない。

それもそのはず。夏彦の今最も強い感情は――、

（ド、ド緊張……！）

ギコちない歩き方にもなれば、心臓の鼓動が「エレクトリカルパレードですか？」と尋ねたくなるくらい激しくドラムロールを叩き続けている。

決して、地方新聞の一面を飾るわけでも、ＷＥＢコマーシャルで放送されるわけでもない。

とはいえ、平凡な男故、このような経験は皆無。緊張してしまうのも致し方がない。

ようやく未仔のもとへ到着し、隣に並ぶ。さすれば、前方には立派な一眼レフを構えるカメラマン、ベレー帽を被った小太りのオッチャンが視界に入る。

如何にも人畜無害そうなオッチャンなのに、そのニコニコ顔が怖い。「時計型麻酔銃があるくらいだし、一眼レフ型スナイパーライフルがあってもおかしくない」と意味不明な被害妄想で表情も一層強張る。

「ナツ君、こっち向こっか」

さすがは彼女。緊張をほぐす意味を込めてだろう。未仔は夏彦の前髪を整えてあげたり、少し曲がったネクタイを正してあげたり。

「あ、ありがとう」

「いえいえ♪　カメラを向けられると、やっぱり緊張しちゃうよね」

「あはは……。恥ずかしい話だけど、かなり緊張しちゃってるよ」

「ナツ君、手を出してください」

「？？？　手？」

言われるがまま、夏彦は右手を差し出す。

するとと、未仔は自身の小さな手を、まるでお手のような感覚で、ちょこんと夏彦の手のひらへと乗せる。

「人……、人……、人……」

真剣な表情で、夏彦の手のひらへ『人』という文字をゆっくりと丁寧に書いていく。

夏彦は「ああ。懐かしいな」と思う。自分が幼い頃、運動会の駆けっこ、お遊戯会のダンスといったイベント直前でよく使ったおまじないだと。

実に未仔らしい。おまじないの方法をレクチャーするのではなく、少しでも役に立とうと、自分が実践してくれるのだから。

もはや、おまじないが効いてきたというより、彼女の可愛さが緊張を上書きしていく。

極めつけは、夏彦の手のひらに書いた『人』の字を、未仔がパックンチョ。

ちゅっ、と手のひらに彼女の柔らかな唇が触れれば、胸キュン確定。

(さ、最強にカワイイ!!!)

萌え不可避。リアルさを追求してだろう。顔を上げた未仔は、「貴方の不安や緊張を食べてます」と言わんばかり。胸前で両手を握りしめ、モグモグモグと、小リスの如くエア咀嚼に励み続ける。その間も「ちゃんと見ててね?」と大好きな夏彦を、大きくガラス玉のような双眸で見つめ続ける。

ゴクリ、と喉を鳴らせば、おまじないという名のお食事が終了。

そのまま夏彦の腕へとピットリ寄り添い、天真爛漫な笑みで言うのだ。

「はいっ。ナツ君の緊張は、私が全部食べちゃいました」

「書いてくれるだけでなく、食べてもくれるなんて……！」

「えへへ。ごちそう様です♪」

自分でもちょっと恥ずかしい行為だったのか。未仔の顔は少々赤らんでいる。

そんな健気に尽くしてくれる彼女がどうしようもなく愛おしい。この場で小さく華奢な身体を、目一杯抱き締めたい衝動に駆られてしまう。

とはいえ、ここは公衆の面前。こんな場所でハグしようものなら、未仔が恥ずかしさで蒸発してしまう可能性大である。

大前提、未仔のファンインプレーを無下にするわけにはいかない。

「よし、未仔ちゃんとの撮影だ！　思い出に残る1枚が撮れるように頑張るぞ！」

「うんっ、ナツ君との撮影だもん。思い出に残る1枚が撮れるように頑張ります！」

「あははっ♪」

とっくに不安や緊張は吹き飛んだ。あるのはヤル気と愛情だけ。

「カメラマンさん！　いつでも大丈夫ですので、よろしくお願いします！」

「はいですっ。よろしくお願いします！」

準備完了のナツミコは、『カメラマンばちこい』と100点満点スマイルでハイチーズ。

するのだが――、

どうしたことか。カメラマンはシャッターを押してくれない。

どうしたことか。琥珀や新那、ギャラリーたちはシャッターを押し続けている。

全員に共通していることは、苦笑いということ。

こてん、と首を傾げるバカップルに、真相を告げるのは草次。

「あのな……。そんなにベッタリくっついてたら、パンフレットで使えるわけねーだろ」

「「――あ」」

顔を見合わせる夏彦と未仔はようやく気付く。

自分たちがイチャイチャと身体を密着させ合っていることに。

カメラマンが撮るわけがない。どこの入学希望者用のパンフレットで、リア充カップルを載せるというのか。

「あはは……。ついつい力が入り過ぎちゃったよ……」

「えへへ……。ナツ君に甘えるのが自然体なので……」

天高く馬肥ゆる秋。

少しばかりの涼しさも、夏彦と未仔にとっては無意味なことらしい。

1章：甘えん坊な彼女の決意

中間テストが近いということもあり、夏彦や未仔たち御一行は、ファミレスで勉強会を開いていた。

向かい合うスタイルでの勉強も可能だが、ナツミコは寄り添い合うスタイルのほうがお好み。肩と肩が触れるくらいの距離で仲睦まじくペンを走らせたり、まがりなりにも先輩である夏彦が、後輩である未仔に勉強を教えてあげたり。

今は数学の勉強タイム。未仔が解き終わった問題集の答え合わせをしているようで、

「すごいよ未仔ちゃん！　全問正解だ！」

「やった♪　ナツ君の教え方が上手だからだよ」

彼氏を称えつつ、甘えん坊な未仔としてはご褒美が欲しい。『褒めて、褒めて』と夏彦へ頭頂部を差し出す。

拒む道理などない。夏彦も堪らず彼女へとスキンシップを開始。

付き合って半年以上も経てば、愛情表現もワンパターンになってしまう？

答えはＮＯ。『倦怠期？　何それ美味しいの？』状態。

愛情表現のバリエーションは増えるばかり。最近は小動物っぽく接するのが二人のトレンドのようで、夏彦が未仔の喉元を指先でコショコショ。さすれば、蕩けるような笑みを溢す未仔が、「コッチもお願いします」と顔や首を動かして触れてほしい箇所をおねだり。手入れされた三つ編みや色白な柔らかホッペを彼氏が愛撫すれば、上機嫌な彼女も負けじとスリスリとマーキング攻撃で甘えてくる。

「えへへ。いつもありがとね♪」

「いやいや、とんでもない！　俺としては『こっちのセリフです』だよ！」

今度はお礼にと、未仔が飼い主になる番。

「ナツ君、あ～ん♪」

注文していたフライドポテトを夏彦へと差し出す。ケチャップもしっかりディップして。

夏休みの一件を終えて夏彦は成長したものの、ここまで彼女のバブみが強ければ、欲求を抑えることはできず。

そのままポテトへとパクつけば、ジャガイモのホクホク感、トマトケチャップの程良い酸味、未仔の萌え萌えキュンエキスが口の中いっぱいに広がる。

味の感想。

（幸せでお腹いっぱいです……！）

バカレシ、店員の舌打ちに気付かず。

というわけで、三度の飯よりイチャイチャ好きなバカップルはご健在。「末永く爆発してください」を絶賛継続中である。

ドリンクサーバーから帰ってきた琥珀と草次は、もはや慣れっこ。

「まーたアンタらは。ちょっと目を離すと、直ぐイチャイチャするんやから」

「言ってやるな。自覚してるからこそ、俺らがいないうちにイチャイチャしてんだろ」

「成程なぁ。草次、そこに気付くとはアンタ天才やね」

「からかわないでくれます!?」「は、恥ずかしい……!」

自分の席へと腰を下ろした琥珀がケタケタケタ！　とご満悦。

おまけに目前で赤面するカップルを肴に、注いできたコーラを豪快にグビる。

「プハァ～♪　コーラが五臓六腑に染み渡るわぁ～♪」

オッサンくさい発言であるが、すこぶる容姿が整っているだけに、爽快で弾ける笑顔は非常に可愛らしい。

おちょくられている悪友としては非常に腹立だしい。

ボコられるの覚悟で盾突かずにはいられない。

「いいじゃないか！　未仔ちゃんが全問正解したご褒美をあげてたんだよ！　いわば合法

的なスキンシップだよ！」

「ほうほう」

「な、なんだよ」

「ということはやで？　ウチも全問正解したらご褒美くれるん？」

「えっ」

予想だにしない提案だっただけに、夏彦はポカンと唖然状態。

「……琥珀も未仔ちゃんみたいにイイ子イイ子されたいの？」

「冗談は顔だけにしてくれへん？」

「酷いっ！」

自分の顔面を今すぐ鏡で確認したい夏彦に対し、琥珀は諦めろと言わんばかりに数学の問題集を開くと、

「じゃあテスト範囲ラストの復習問題を、ウチが全問正解できたらご褒美ちょうだいな」

「そんな有無を言わさず……。まぁ満点ならいいけど」

「おっしゃ」と腕まくりする琥珀はヤル気満々。早速にシャーペンを走らせていく。

指数関数の計算、対数関数の方程式、三角関数のグラフや周期などなど。

復習問題というだけあり、一問一問に使うカロリーは中々に多い。

本来ならば。

「ほい、できた」

「はや⁉」

そのスピードはまるでガリレオ・ガリレイ。もしくはプロのＵｂｅｒＥａｔｓ配達員。カップラーメンも出来上がらない完走タイムに、夏彦はただただ目を疑うものの、

「す、すごい！　全問正解です！」

赤ペン先生役の未仔が採点すれば１００点満点。

「ナハハハ！　せやろせやろ！　ウチもやればできる子やねん！」

「異議アリ！」

琥珀の高笑いを止めるのは、当たり前に夏彦。

「お前、解答を丸覚えしてるだけだろ！」

「あ。バレましたん？」

夏彦は知っているのだ。悪友は数学が得意ではないことを。

何よりも知っているのだ。悪友は覚えゲーが得意であることを。

「橋本(はしもと)先生って復習問題から全く同じ問題を2、3問出すやん？　せやから、丸覚えって結構な攻略(ワザップ)なんよねー」

「何でお前はいつもゲーム感覚なんだよ……」

「覚えゲー最強」

ちなみに、地理や歴史は覚えることだらけなだけに、琥珀の得意分野。

キングダムや戦国無双、信長の野望が好きなのも大きいが。

「そんなことよりナツ」

「へ」

「ご褒美のマルゲリータピッツァ頼んでええ？」

「どの口が言ってんの⁉」

「この口？」とアヒル口でブリッ子する琥珀は、傍から見ればキュンとしてしまうのかもしれない。とはいえ、『理不尽ゴチになります』を食らいそうな夏彦としては堪ったもんじゃない。

「お、押させるかぁ～～～……！」「潔くピッツァ食わせんかい～～～……！」

呼び出しボタンを押させまいと必死にガードするバカと、手の甲ごとボタンを押し込もうとするバカ。

Wバカのやり取りを苦笑いで見守る未仔が、ふと、常識人の動向に気付く。

「伊豆見先輩は何を書いてるんですか？」

「ん？　ああ、進路調査票だよ」

「提出日近いんだから、夏彦と琥珀も早く書いとけよな」

「『進路調査票？』」

不毛な戦いをしていた2人も、互いに目を合わせてパチクリ。

二人して思うことは、「『やべ……。まだ何も書いてない……』」といったところか。

今までの進路調査票では、就職するか進学するか。私立・国公立のどちらを希望するかなど。大まかな内容でも担任からのＯＫを貰えていた。

しかし、高校生活も折り返し。今まで以上に色々と決めて行かなければならない。

ピッツァで争っている場合ではない。

草次は隠すつもりがないようなので、夏彦たちは会釈しつつ進路調査票を覗く。

「へー。やっぱり草次は国立狙いなのか」

「まぁ、そうだな」

草次の成績は、夏彦や琥珀に比べて高い。現状を維持することができれば、推薦を貰えるくらい優等生の部類である。

「希望は全部地方っぽいけど一人暮らし？　それとも実家から通うの？」

「実家かな。一人暮らしも考えたけど、妹達からまだまだ目を離せないしな」

クールな男は意外と家族想(おも)いなだけに、未仔はほっこりしてしまう。

琥珀&夏彦は思わずニタニタ。

からかい上手の琥珀さんと、イジらないで夏彦君のウザ絡み。

「またまた〜。そーちゃん、彼女と離れたくないのもあるくせに〜」

「だよね〜。奏(かなで)さんはエスカレーター式でそのまま進学するみたいだし、地方の大学なら毎日顔を合わせられるもんね〜」

「「ね〜♪」」

「夏彦、俺もピザ頼んでいいか？」

「何で俺だけ!?」

教訓。慣れないことはするもんじゃない。

全て記入し終えた草次がペンを置く。そのままホットコーヒーを一口飲めば、

「で、お前らは進路どうすんの？」

質問に対し、琥珀はカバンをガサゴソ漁(あさ)る。

「お。あった、あった」

手を引っこ抜けば、若干折れかかっている調査票がコンニチワ。

勿論(もちろん)、白紙である。

「う〜ん。ウチは指定校推薦狙いで私立かなぁ。受験勉強めんどいし」

「俺が言うのもアレだけど、決め方がアバウトすぎだろ……」

「やってさー。したいこと、そこまでハッキリしてへんもん。ナツもちゃいますのん？」

「それはまぁ、……そうかも」

「やろ？　それやったら、幅広く色々できる学校入って4年間遊ぶ――、勉強したほうがええと思わん？」

「今遊ぶって言った！」

「細かいこと言う男は嫌われるで？」

ケタケタ笑う琥珀は間違いなく、お気楽者。

しかし、夏彦としては『呆れ』よりも『意外』のほうが強い。

「琥珀のことだし、もっと攻めた進路でくると思ってた。プロゲーマーとか実況者とか」

「ノンノンノンノン」

「えっ？」

「ナツよ。プロゲーマーや実況者を甘く見過ぎ」

先程までのお気楽雰囲気は何処へやら。

ポテトを口に咥えた琥珀は、まるでタバコで一服する、さすらいのハードボイルド。窓ガラス越しに沈みゆく夕陽を見る表情が渋い。

「ちょっとゲームが上手くて、プロになれるような甘い世界ちゃうねん」

「そんな、殺し屋が稼業みたいな雰囲気で言うなよ……」

「配信者として食べていくとしたら、ゲームスキルと同じくらいトークスキルも磨かなアカンわけや。さらに！　コンシューマーに媚びるためだけに新作ゲームをすることだってある！　したくないコラボもせなアカンときもある！」

「な、生々しい……」

ハードボイルドな琥珀が、氷のたっぷり入ったグラスをチビりと傾ける。

液体を舌で転がし、鼻からゆっくり息を吐く。広がる余韻をゆったり楽しむ。

バーボンではない。コーラである。

「とまぁ、四の五の言うたけど、シンプルに毎日配信なんてできる気せーへんわ」

「「あ〜……」」

夏彦たちは間延びした声を出してしまう。

本人の言う通り、良くも悪くも大雑把な琥珀が、毎日小まめに配信できるとは到底思えない。

おまけに、タンクトップ＆ショーパン姿で寝転がりながらのゲーム配信は、刺激が強すぎる。コンプラが厳しい昨今、片乳ポロリなどしようものなら、永久ＢＡＮは免れない。最大瞬間風速、とてつもない人気は出るだろうが。

「てかてか。どりせやるんやったら、プロデューサーとかのが挑戦したいわ」

「プロデューサー？」と夏彦は首を傾げる。

「一体誰をプロデュースするんだよ？」

「そんなんこの子に決まってるやん」

「ひゃっ……！」

「み、みみみ未仔ちゃん⁉」

時すでに遅し。するん、とテーブル下へと潜り込んだ琥珀が、未仔の隣へやって来る。

挨拶がてらのセクハラは、もはや恒例行事。

「んんっ！　ひぅ、ひぅ……！　あぅぅ……」

琥珀と言う名のエロプロデューサーが、未仔のたわわでボリューミーな胸を、ねっぷりどっぷりとやらしく揉みしだく。

まるで電流が流れるかのように、ビクンッ！　ビクンッ！　と小柄な身体が悶え続ける。

「およよ？　未仔ちゃん、また大きくなったんちゃうか〜？」

「んっ、ひうっ……！　琥珀さんが毎回揉むからだよう……！」

「は・て・さ・て？　ウチよりも揉んでくる奴がおるんとちゃうか〜？」

「ま、まだ私たちは健全だよう〜〜〜……！」

「ほうほう？　ならば未仔ちゃんの純潔は、ウチがいただく――、」

「〜〜〜〜っ！　このセクハラ魔人がぁぁ！　マジで警察呼ぶぞコノヤロウ！」

これ以上、未仔の純潔を汚されて堪るものかと、手早く未仔を回収。

ぐったりする未仔が、か細き声で夏彦の耳元で囁く。

「嫌いにならないでね……？」

（ふ、不謹慎ながら、どうしようもなく可愛い!!!）

これだけ庇護欲を駆り立てる少女は、滅多にお目に掛かれない。

エロプロデューサーがウンウンと頷く。

「ナツ、想像してみ？」

「な、何をだよ」

「こんな小っちゃくて可愛い子が、顔出しでゲーム配信してみーな。投げ銭、サブスク、欲しいものリスト、何でもござれの億万長者やで」

「未仔ちゃんがゲーム実況者……」

夏彦は想像してしまう。

もし未仔が今を時めく大人気ゲーム実況者だったらと。

◆　◆　◆

ＹｏｕＴｕｂｅアプリを開けば、

「どうも皆さん、みこにちわ！　ＭＩＫＯのゲーム実況部屋にようこそ♪」

スマホ画面いっぱいに映し出される未仔が、愛嬌（あいきょう）たっぷりに視聴者へと挨拶する。

右手は3本指、左手は5本指を立てれば、お決まりの挨拶ポーズ、35（みこ）にちわの完成である。

さすがはチャンネル登録者数80万人超え。

『みこにちわ！』『３５３５！』『ＭＩＫＯにゃ〜〜〜ん！』『みっこにちわぁぁぁぁ！』『35にちわ！』『今日一日のご褒美が今始まる……！』『待ってました！』『最高に可愛いです！　ｂｙ夏彦』『みこにちわ！』『ありがとうございます！　ありがとうございます！』

などなど。

多くの大きなお友達からの熱烈横断幕コメントが、滝の如（ごと）く流れ続ける。

若干の暑苦しさは否（いな）めないだろう。

しかし、ＭＩＫＯは皆のアイドル。

「えへへ♪　今日もゲーム頑張っちゃうね！」

嫌な顔をするどころか、エンジェルスマイルで神対応である。

大きなヘッドホンを装着し、コントローラを握り締めれば準備完了。

視聴者参加型のスプラを実況すれば、

「むぅぅ〜〜〜！　煽りイカなんてお行儀が悪い！　私、怒りました！　もう1戦、もう1戦勝負を要求しますっ！」

『めっちゃ煽られとるｗｗｗ』『ＭＩＫＯにゃんの怒っとるところもカワイイ！』

かわいい子にちょっかいを出したくなるのはあるある。画面にはパンパンに頰を膨らます未仔が、再戦を要求してプンスカと怒り続ける。

パニックホラーを実況すれば、

「ひ〜〜〜〜ん！　怖すぎて命がいくつあっても足りませんっ！　今夜はお風呂に入れないよう！」

『俺らが風呂にお供しまっせ！』『風呂配信キタコレ！』『娘の裸は絶対に見せんぞ！』

「みんなのエッチ！」と叫ぶ未仔はトイレにも行きたいようだ。内ももをスリスリすり合わせれば、リスナーの鼻血案件待ったなし。

チャンネル登録者数１００万人突破の記念配信をすれば、

「みんなストップ！　いくら何でも投げ銭（スパチャ）しすぎだよ！　えっ⁉　１０００万円突破しちゃった⁉　琥珀さ――、じゃなくてプロデューサー！　早く配信を終了――、えええっ！　配信続行⁉　ご、ご利用は計画的に〜〜〜！」

『ＭＩＫＯが壊れたｗｗｗ』『冬のボーナスはＭＩＫＯにゃんに全力投下じゃい！』『俺はＭＩＫＯの財布になる！　ドンッ!!!』

たった数十分の配信で外車を２、３台買えるくらいの額をＧＥＴ。未仔がアワアワ、オドオドと慌てれば慌てるほど、同時接続人数もお祭り騒ぎで増え続ける。

まさにＭＩＫＯでワッショイ。

脳内でスパチャボタンを連打し続けていた夏彦、涙と拍手が止まらない。

「ＭＩＫＯちゃん、１００万人突破おめでとう……！」

「ナツ君っ⁉」

「アホやコイツ……」

ぐったりしていた未仔が復活するほど、おちょくっていた琥珀がドン引きするほど。

それくらい妄想力に富んだ生き物こそが、夏彦という存在である。

まさに触らぬバカに祟りナシ。

「マルゲリータピザください」

呼び出しボタンを押した草次は、やってきた店員へとオーダーを通す。

触らぬ神にお供えするため？

答えは否。テスト勉強を一向にしない疫病神に裁きを与えるため。

※　※　※

今日一日を頑張ったサラリーマンたちに、キンキンに冷えた生ビールがあるように、今日一日を頑張ったカップルには、甘々なご褒美タイムが必要なのだろう。

テスト勉強を終え、二人きりになった夏彦と未仔は、真っ直ぐ帰宅せず少しの寄り道を楽しんでいた。

夜の静かな公園は、恋人たちには打ってつけ。

「ナツ君にギュ～～♪」

『もう我慢ができません』といったところか。ベンチに腰掛けた途端、未仔は大好きな彼氏へと熱い抱擁を交わす。

夏彦も負けじと大好きな彼女を包み込むように優しく抱き締めれば、バカップルの完成である。

「ああ〜……。少し肌寒くなってきたから、未仔ちゃんが温かくて気持ち良い……」

「私、体温高めだから、お役に立てて何よりです♪」

もっと役に立ちたい未仔は、夏彦の腰に回していた手を、今度は夏彦の両頰や耳たぶへとピトリと押し付ける。さすれば、未仔の手のひらの熱がじんわりと直に伝わり、夏彦の表情がどうしようもないくらい溶けていく。

溶けていく理由は、温かさというより愛情たっぷりだからに違いないが。

愛情は止まることを知らず。

「ナツ君、あのね。私も寒いところがあるから温めてくれる？」

「えっ。どこどこ？」

大切な彼女が寒いとあれば一大事。直ぐに温めてみせますと、夏彦は両手を広げて抱き締め体勢に。

ヤル気と変態性をマッチングさせた夏彦は目を見開く。

未仔は言葉を紡がず、口を閉じたから。

そして、驚く夏彦をジッと見つめていた大きな瞳もゆっくりと閉じていく。

彼女が温めてほしい部位がどこなのか理解すれば、胸の高鳴りは抑えられない。

キスするに決まっている。

要望に忠実、欲望の赴くままに。夏彦は未仔の唇と自分の唇を重ね合わせる。

寒いなんて嘘だ。未仔の小さく柔らかい唇は、夏彦の唇よりずっと温かい。

けれど、そんな小さな嘘、自分とキスをしたいだけに吐いた嘘を咎めることなどできるわけがない。むしろ愛おしさしか感じない。

どれくらい唇を合わせただろうか。どれくらい彼女を感じたのだろうか。

夏彦が惜しむように唇を離していく。

そのまま未仔を見つめれば、自分の行動は大正解だったと確信する。

「身体も心もポカポカになっちゃいました♪」

「み、未仔ちゃん……！」

可愛さ不可避。

「大大大好きだぁ〜〜〜！」

未仔さえいれば暖房も上着も必要ナシ。

今抱き着かないでどうすると、夏彦は今一度、未仔を抱き締め直す。

「えへへ。私もナツ君が大大大好きです♪」

未仔がノリノリでハグ返しを決め込めば、薄暗い公園が「真っ昼間ですか？」というくらい2人の幸せオーラに包まれる。

まさにリア充爆発しろという言葉が相応しい。

愛し愛され合った2人は、仲良しこよしで手を繋ぎ合い、今度こそ家路を目指す。

普段ならばフルチャージされた愛を活力に、「夜からもテスト勉強頑張ろう」という気持ちになる。

しかし、今の夏彦は少しばかりセンチメンタルな気持ちになっていた。

「ナツ君、どうかした？」

さすがは未仔。彼氏の些細な表情の変化もすぐに気付く。

彼女に心配そうに見つめられてしまえば、夏彦は思わず苦笑いを浮かべる。

「あはは……。未仔ちゃんと過ごせる学生生活もあと1年ちょっとだと思うと、寂しいなって考えちゃってさ」

まだまだ先のことを、今の段階から悲観する理由。

『理由』というより『キッカケ』という表現のほうが適切かもしれない。

「進路調査票で意識するようになっちゃったの？」

未仔の問いに対し、夏彦は一つ頷く。

進学や卒業。こういった類のキーワードは、まだまだ先のことだと思っていた。

けれど、進路調査票を受け取ったり、琥珀や草次たちと進路について話し合ったりすれば、まだまだ見えなかったはずの道が、ぼんやりと見えてくる。

見えていないフリをしていただけだろう。意識しない限りは、人間誰しも楽しい方向や嬉しい方向ばかりに注目してしまう。

未仔と付き合い始めてから約半年。

『たった』半年だと思っていたが、『もう』半年経ってしまった。

すなわち、未仔と高校生カップルでいられるのも1年と少し。

来年は受験勉強だってある。デートする時間だって減ってしまうだろうし、今年のような未仔や仲良しメンバーと楽しむ夏休みは過ごせないかもしれない。

充実した日々を彼女と過ごせているからこそ、寂しいという気持ちも芽生えてしまう。

今考えても、どうしようもない事くらい分かっている。

夏彦は精一杯の作り笑いで安心させようとする。

「ご、ごめんね。今のナシナシ！　こんなこと言われても困るよね！」

そんなあからさまな空元気が面白いのか。未仔がクスクスと笑い始める。

「未仔ちゃん？」

「ごめんね、懐かしいなって思っちゃって」

「懐かしい？ ……えっと、それってどういうこと？」

「小学生の頃はね、今のナツ君と同じようなことを私もずっと考えちゃってたから。『ナツ君が先に卒業しちゃうのすごく寂しいな』って」

未仔が幼い頃から自分を想ってくれていたことを再確認できてしまえば、夏彦の心臓がキュッと締まる。

「今だから告白できちゃうけど、ナツ君が卒業するときに実は大泣きしちゃったの」

「えっ！」

まさかの衝撃事実に声を荒らげる夏彦に対し、未仔は手入れされた三つ編みをいじりつつ、照れ混じりに微笑む。

「本当は、『卒業おめでとうございます』ってナツ君に伝えに行こうとしてたの。けど、目は真っ赤で顔はグチャグチャだったから恥ずかしくて」

「そんなことが……。というか！ 気にせず話しかけてくれたら良かったのに！」

「にーなちゃんも『一緒に付いていくから頑張ろうよ』って後押ししてくれたんだけど、『ナツ君の前だともっと泣いちゃうよ～！』って、もっと愚図っちゃったんだよね」

当時の未仔は、超が付くほどに恥ずかしがり屋で人見知り。それ故、夏彦に祝いの言葉を伝えることが３級任務だったことは容易に想像できる。

「――えっとさ。未仔ちゃんはどうやって寂しさを乗り越えたの？」

最も知りたいこと、気になることを夏彦が端的に問う。

未仔としても答えを渋る気はない。

だからこそ、夏彦の肩へと、そっと寄りかかる。

「ナツ君のおかげです」

「お、俺？」

「卒業した次の日にね、ナツ君とバッタリ出会ったの。ほんの一瞬だったけど」

未仔の言う通り『ほんの一瞬』だったのだろう。夏彦は思い出そうとするが、全く思い出せない。

夏彦としては申し訳ない気持ちになるが、未仔としては毛頭気にしていない。

「そのときのナツ君が私に言ってくれたの。『いつも新那と遊んでくれてありがとね、またウチに遊びにおいで』って」

「えっ」

ちょっと肩透かしを食らってしまう。記憶にないとはいえ、大好きな彼女を救ったともなれば、もっと劇的な行動や言葉を期待していたから。

「あはは……。俺、めちゃくちゃ普通のことしか言ってないね」

「いつも通りだからこそ、私の胸の痛みがスッと消えちゃったんだよ」

首を傾げる夏彦へと、未仔は嬉々とした表情で答える。

「ナツ君の何気ない言葉のおかげで、『あれ？　ナツ君に会おうと思ったら直ぐ会えるんだ……。何で永遠のお別れみたいに考えてたんだろう』って気付けたんだもん」

灯台下暗しという表現がピッタリではなかろうか。

「ナツ君も昔の私みたいに、悲観的に考えすぎなんじゃないかな？」

「……。未仔ちゃんの言う通りかも……！」

「でしょ？」

幼き未仔同様、自身の胸の痛みも小さくなれば、夏彦としても納得せざるを得ない。

同時に、長年コンプレックスである『普通』であることを、彼女は個性として認めてくれている。それだけでなく、救われたとまで言ってくれている。

嬉しくて堪らないに決まっている。

「とか言いつつ、会いたくて堪らないから私もナツ君と同じ高校に入学したんだけどね」

「未仔ちゃん……！」

照れ気味に短く舌を出されてしまえば、夏彦の取る行動はただ一つ。

「〜〜〜〜っ！　だから、未仔ちゃんが大好きなんですっ！」

夏彦に抱き着かれれば、もっとくっつきたいと言わんばかり。

「えへへ♪　私もナツ君が大好きなんです♪」

未仔も負けじとピットリ高密着ハグ。歩道の片隅だろうとお構いなしにバカップルぶりを遺憾なく発揮する。

そして、見つめ合う２人は『今を目一杯楽しもう』と、本日何度目か分からない口づけを交わし合う。

唇と唇、顔と顔が離れていけば、ふと、未仔が後方に注目する。

「いいなぁ」

「？」

夏彦も振り向いてみる。

そこには、ベビーカーを押す家族の姿が。

旦那らしき男性が買い物袋を持ち、嫁らしき女性がベビーカーを押している。和気あいあいと話す姿はアットホーム、おしどり夫婦と言う言葉が相応しい。

「私たちのゴールもあそこだといいよね」

「えっ⁉」

未仔の逆プロポーズチックな不意打ち発言に、夏彦は思わず素っ頓狂な声を上げる。

同時に想像してしまう。

スーツ姿の自分と、お腹を膨らました未仔が家路を目指して一緒に歩いている姿を。

勿論、手と手を繋ぎ合う互いの左薬指には指輪が輝いている。

普段の妄想力に富んだ夏彦であれば、小一時間は自分だけの世界にトリップすることができただろう。

しかし、

（……っ！　こ、これ以上の妄想はダメだ!!!）

未仔に相応しい男になる。

付き合って間もない頃、愛する彼女の乳を揉みしだいたあの日から、ずっと自分に掲げてきた大いなる目標。

目標を達成していない自分が、結婚してイチャイチャしている光景を妄想するなど言語道断。あまつさえ、進路も決められていないのだ。

いくら愛する彼女から、この上ない幸せな言葉を受け取ろうとも――、

「――え、えっと……。あは、あはははは！」

「ナツ、君？」

苦笑いしつつ、言葉を濁すことしかできない。

「もう遅いし、そろそろ帰ろっか」

「う、うん」

夏彦が手を差し出せば、未仔も応じるかのように手を握る。

街灯が照らす夜道を歩きつつ、夏彦は改めて、「未仔ちゃんに相応しい男になるため、もっと頑張っていくぞ」と鉢巻きを締め直す。

未仔としても、握り返された手の温かさや、決意の漲った姿勢や歩き方の1つ取っても、夏彦の考えていることは口にされずとも分かる。

分かってはいる。それでも、少し思ってしまう。

「安心させてほしいな」とも。

◆　◆　◆

ナツ君は私の事を大事にしてくれている。だからこそ、結婚とか永遠の愛という言葉を簡単に使おうとはしない。

将来のことを考えてくれているからこそだと信じていますが、やっぱり不安は隠せない。

最近は変なことばかり考えちゃいます。

「未仔ちゃん、別れよう」

「えっ……？」

「俺、好きな人ができたんだ。だから、これ以上、一緒にいることはできない」

「で、でもっ！ ずっと一緒にいようって――、」

私は目を見開いてしまう。

ナツ君は一度も『結婚』という言葉を口にしたことは無かったから。

私の考えもナツ君には分かっているようで、

「それじゃあ、新しい彼女が待ってるから」

「い、いやだよう！ ナツ君っ！ ナツくーん！」

申し訳なさげなナツ君は最後に頭を下げると、遠くにいる私じゃない彼女さんと一緒に手を繋（つな）いで歩いて行く。

追いかけても追いかけても距離は縮まらず、最終的に取り残される私。

悪いことを考えちゃうだけで、胸の奥がギュッと強く握られてしまうように苦しくなる。

ナツ君が私を傷つけるようなことをしないのは、分かってはいるんだけど……。

「ミイちゃん元気なさげだけど、大丈夫？」

「へっ⁉」

親友のにーならちゃんに話しかけられて、ようやく我に返る。

今現在、テスト期間も無事終わったことから、私の家でパジャマパーティ中です。

メンバーはクラスの皆ではなく、にーなちゃん・琥珀さん・奏先輩という組み合わせ。

一段落ついたりだろう。ベッドに寝転がってゲーム中だった琥珀さんが、私の隣へと腰を落ろす。

「未仔ちゃんのことやから、どうせナツ絡みやろ？」

「ど、どうして分かるんですか？」

「やって、未仔ちゃんが悩むのってそのことしかないやーん」

琥珀さんだけでなく、奏さんにもお見通しのようだ。

「せっかくの女子会なんだから、全部言ってスッキリしちゃいなよ。ね？」

お見通しともあれば、私は頷くしかありません。

そして、ナツ君が将来のことを口にしてくれないことを打ち明けてしまう。

「ナツ君が私に相応しい男になりたいから、口にしないってことは分かってるんですが、やっぱり私としては安心がほしくて……」

そういうのって、軽々しく言うものでもないのは正しいと思う。けど、同時にもっと軽々しく言ってもいいものだとも思う。

今が楽しいのだから、『大好きな人と将来ずっと結ばれていたい』という気持ちがあっても不思議ではないのだから。

「未仔ちゃん、すっ～～ご～く分かる！」

「か、奏さんも？」

「うんうんっ。そーちゃんも将来のこととか口にしないタイプだからさ。『あれ？　私のこと本当に好きなの？』って心配になっちゃうんだよね」

「そうなんですっ！　心配になっちゃうんです！」

伊豆見先輩は「好き」って言葉を口にしない人だろうし、奏さんとしても心配みたい。

憧れの先輩も、やっぱり女の子です。

「この中だと私が年上とはいえ、やっぱり不安にもなっちゃうよ。『少女漫画みたいな恋をしたい！』って憧れるお年頃でもあるんですよ」

そう言いつつ、グラスに半分以上入ったオレンジジュースを奏さんは一気に飲み干す。

同世代というより、大人のＯＬさんが恋を語っているようで、『ちょっとカワイイな』と思ってしまう。

にーなちゃんはやっぱりマイペース。大皿に並べられたクッキーへと手を伸ばしつつ、

「でもさ」

「「うん？」」

「夏兄と伊豆見先輩ってタイプこそ全然違うけど、どっちも彼女のこと大好きだよね～」

「「……。えへへ♪」」

「逆もまた然りだよねー」とまったりした声音で言われてしまえば、私たちとしては照れ笑いしかできない。

「二人とも照れる時点でバカップルなんやろなぁ」

「琥珀さんは少女漫画みたいな恋に憧れたりしないんですか？」

「ウチが？　憧れたりすると思う？」

「「……」」

なははははは！　と笑う時点で、琥珀さんは恋愛に全く興味がないみたい。

「イケメンに誘われて恋に落ちる展開より、ダンプカーに轢かれて異世界転生するような展開のがウチとしてはキュンってくるかなぁ」

「あの、琥珀さん？　キュンの意味分かってますか……？」

「え？　『あ……！　ウチ、異世界でめちゃくちゃ暴れられる……！』って感じ？」

「全然違いますよう！」

「ハーレム要因として未仔ちゃんも転生させたろか～！」

「ひゃあ!?」

私のツッコミに対し、琥珀さんのハグ攻撃。もういつものお約束なので、多少おっぱいを揉まれたり突かれたりしても許容してしまう。

許容してしまう私は、それでいいのかな……？

私に後ろから抱き着いたままの琥珀さんは、私の頭頂部に顎を載せる。

「でもナツも困ったもんやなぁ。こんな可愛い子がＯＫくれてるんやから、さっさと結婚すればいいのに」

「い、今すぐしたいわけではないんです。安心が欲しいんです。それにその……、ナツ君の年齢的に、また結婚はできないわけですし……」

「ほうほう。年齢をクリアできるなら、いつでも未仔ちゃん的にはＯＫなんやね？」

「～～～っ。は、恥ずかしい……っ！」

「たっはぁぁぁん！　めっさカワイイ！」「や～～～ん！　可愛い～～～♪」

羞恥する私に、にーなちゃんや奏さんまで抱き着いてきます。

「もうっ。夏兄は彼氏失格だよ。こんなに可愛いミィちゃんを不安にさせるんだから」

「ほんとだよねー。可愛い後輩を不安にさせるんだから、困った君だよ」

「しばいたろか？　ウチが『さっさとプロポーズせんかい』ってしばいたろか？」

「あ、あんまりナツ君のことを悪く言っちゃダメですっ。ナツ君はナツ君なりにちゃんと考えてくれてるんですから」

「「「かわいい～～♪」」」

む、無間地獄です……！

無間地獄とはいえ、しっかりと親身になってくれる方たちです。

奏さんが私の頭を撫(な)でつつ、落ち着いた声音で微笑(ほほえ)む。

「もっとアピールしちゃっていいと思うよ」

「！　アピール、ですか？」

「そうそう。未仔ちゃん的には、自発的に夏彦君から将来を約束するような言葉を言ってほしいわけでしょ？」

「は、はいです」

「だったら、こっちから言ってもらえるようにアピールするのが手っ取り早いってこと」

「成程……。一理どころか二理も三理もありそうです……！」

寝耳に水でビックリ。一人では到底思いつかない提案なだけに、興奮を隠せません。

「せやな。ニブチンなナツにも分かるくらいアピールしたったらええねん」

ナツ君の親友である琥珀さんも同意見のようで、

「相応しい男になれるかなんて、いくら彼女の未仔ちゃんでもどうにかできるもんやないし。待っとったら爺さん婆さんになってまうで。ガンガン攻めたったらええねん」

「……うん、そうですよね。ガンガン攻めたったらええねんですよね……！」

私自身、いつの間にか受け身になっていたことに気付かされる。

気付いてしまえば、やることはただ1つ。

ウジウジ悩んでいる場合ではありません。

「皆さんの言う通りだと思いました！　私、頑張ってみます！　ナツ君から結婚しようって言ってもらえるくらい沢山アピールしていきます！」

「「「おー……！」」」

選手宣誓、ではなく彼女宣誓すれば、三人もワクワクした表情に。

「甘えん坊な未仔ちゃんが、今以上、夏彦君に甘えるのね……！」

「夏兄、興奮しすぎて死んじゃうかも……？」

「まーまー。未仔ちゃんのご奉仕で死ねるんなら、ナツも本望やろ」

善は急げ。早速作戦会議です！

まったりマイペースのにーなちゃんも本気モード。「はいはいはい！」と意欲的に挙手してくれる。

「題して、『大人な私で誘惑しちゃえ』さくせーん♪」

「大人な私?」

「夏兄って普段から『未仔ちゃん可愛い!』って連呼してるでしょ?」

「う、うん。肯定するのは恥ずかしいけど……」

「けどだよ? 『未仔ちゃん大人っぽい!』って言われることは少ないんじゃないかな」

「確かにないかも……。でも、私にナツ君を誘惑なんてできるのかな?」

「大丈夫! ミィちゃんは小柄だけど、大人っぽい色気持ってるもん」

ちょっと照れてしまう私ですが、にーなちゃんは大真面目で、

「形から入るのも、すごく大事なことだと思うの。だからね? 激しめな服装でデートに行ったらどうかな?」

「激しめっ!?」

「そーそー。露出多めくらいが分かりやすくて丁度いいよ。大人感満載の服装でデートしちゃえば、鈍感な夏兄もイチコロだよ! プロポーズ間違いなしだよ!」

ちょっとというか、だいぶ恥ずかしい。

けど、頑張るって決めたばかりだもん。

「りょ、了解です! ちょっと冒険しすぎたと思って着れてないお洋服があるので、それ

でデートしてみます！」

にーなちゃんにハイタッチを求められれば、「「いえーい♪」」と両手を重ね合わせる。

1つめの作戦が決まれば、「今度は私の番だね」と奏さんが提案してくれます。

「私の作戦は、『押してダメならもっと押せ』さくせーん！」

「もっと押す？　それはどういう作戦ですか？」

「今の夏彦君って、未仔ちゃんに甘えられるのが当たり前になってると思うの」

否定などできません。私自身、当たり前と思っちゃってるから。

「だからね？　次のデートでは、今までが生ぬるいと思えちゃうくらい激しいスキンシップで夏彦君を陥落させちゃえばいいんだよ」

普段でさえ、自分にできる最大限のスキンシップをナツ君にしているつもりだった。

（今までを超えるスキンシップ……？）

いくら頭を捻(ひね)っても、現状では直(す)ぐに思いつきません。

けど、頑張るって決めたばかりです。

「了解ですっ！　自分の思ってる以上のスキンシップをナツ君にしていきます！」

「うんっ♪　その意気で頑張っていきましょう！」

奏先輩に敬礼されれば、私も思わず敬礼しちゃいます。

　2つめの作戦が決まれば、「ついに真打ち登場やね」と琥珀さんがその場を立ち上がる。

「琥珀さん。作戦のご教授、よろしくお願いしますっ！」

「うむ！　心して聞くように！」

「はいですっ！」

「題して、『既成事実を作ってまえ』作戦！」

「………。へっ⁉」

「どうせ結婚するんやし、ナツの覚悟を決めるためにも、ここいらで既成事実を一発や二発作っていこうって作戦やね」

　親指を突き立て、「シンプル・イズ・ベスト！」とサムズアップする琥珀さんを見てしまえば、本気で考えてくれていることが、ひしひしと伝わってきます。

　で、でも。

　既成事実ってアレのこと、……だよね？

　あんなことやこんなこと、……だよね？

　少し想像しちゃっただけでも、顔は真っ赤になってしまう。

（〜〜〜〜っ！　け、けど！）

　何度だって繰り返します。

頑張るって決めたばかりです！

「りょ、了解でりっ！　私自身も覚悟を決めるために既成事実を——、」

「「ダメ〜〜〜〜!!!」」

この後、私は深呼吸を3分間、琥珀さんは正座を30分間強制されてしまう。

冷静さを取り戻しつつ、やはり内なる闘志は燃え滾(たぎ)り続ける。

ずっと待ち状態だっただけに、頑張ってアピールしていこうという気持ちが芽生えている。

ナツ君に相応(ふさわ)しい彼女、お嫁さんになりたい。

待つのはもう止(や)めたのだから。

2章：大好きなので、もっと愛してください

中間テストから無事解放された夏彦と未仔は、久々のお出掛けデートを満喫していた。勉強デートもそれはそれで楽しい。けれど、やはり難しいことを考えず、イチャイチャラブラブに専念したかったのが本音なわけで。

デートの舞台は動物園。

園内は中々に広大で、ジャイアントパンダやコツメカワウソといった中々お目にかかることのできない動物も多数ラインアップされているし、ふれあい広場ではウサギやモルモットといった小動物をモフることもできる。牧場ゾーンに行けば、乳搾りや乗馬体験だってできる。

県外からも多くのファミリーやカップルたちが足を運ぶ人気スポットである。

当然、夏彦のテンションはウハウハ状態。

『今日は思いっきり、未仔ちゃんとの愛を育もう！』

『未仔ちゃんが望むのなら、たとえ火の中水の中！』

『未仔 is マイエンジェル！』

などなど。傍から見れば、彼氏なのかド変態なのか分からない残念仕様となっているのは、毎度のお約束テンプレ。

しかし、そんな夏彦のテンションをいとも容易く上回る人物が約一名。

「がお～～～～！」

「未仔ちゃん⁉」

ライオンの檻前。百獣の王の代わりに、夏彦へとダイビングハグを決め込むのは未仔。

エサを食べていたライオンでさえ、「あの子、何してん？」と言いたげな眼差しでキョトンと眺め続けている。近くにいる女の子も、「パパ～抱っこ～」と父親にねだっている。

お分かりいただけるだろうか。

バカップルの彼氏が恥じらうくらいの距離であることを。

普段の２人ならば、手と手を握り合い、お互いの肩と肩がコッツンコするくらいの距離。

それはそれで近すぎる距離に違いないのだが、公共の場での密着具合は抑えていたはずだった。

「ナツ君食べちゃうぞ～～♪」

（美味しく食べちゃってください……！）

未仔、甘えん坊全開。大好きな夏彦へとピットリ寄り添い続ける。

スベスベな頰や温かな体温、たわわでボリューミーな胸をこれでもかと夏彦へ密着させ続ける。

未仔はライオンが大好きな肉食系女子だから、テンションが上がっているわけではない。

動物園に入ってからずっとこの調子なのだ。

要するに、どの動物の前でも、未仔は夏彦へと全力で愛情表現を繰り広げていた。

木の上でヌボ〜と、まったり寛ぐコアラを見れば、

「コアラが木にくっつくのって、体温を調節するためみたいなの。というわけで、私もナツ君で調節しちゃおっと♪」

コアラに負けじと、夏彦の二の腕にしがみついて体温調節してきたり。

親カンガルーのポケットに子カンガルーが入っていく微笑ましい光景を見れば、

「えへへ。隣合って座るのも好きだけど、ナツ君に包まれるのも安心しちゃうなぁ」

芝生ゾーンで腰を下ろして休憩すれば、夏彦の膝の上にちょこんと座ってきたり。

キリンの交尾シーンを目撃すれば、

「〜〜〜っ！　ナ、ナツ君、行こ！」

さすがに真似できずに大赤面でフェードアウトしちゃったり。

至る所で未仔は夏彦へと熱烈ラブアピール。

2人が檻の中へ入り、『バカップル』というネームプレートをぶら下げておけば、大勢の客が集まりそうな程の天然記念物っぷり。

夏彦としては幸せに越したことはないし、死ぬほど恥ずかしいとはいえ、やはり未仔の温もりを感じるのは心地良い。

しかし、今日は明らかにおかしい。いつになく飛ばしているようにも見える。もはや焦っているようにも見える。

いつもよりドキドキしてしまうのは、彼女の服装も理由の1つだろう。

普段は可愛らしいガーリーコーデなのだが、今日はちょっぴり刺激的な大人コーデ。

肩部分がザックリ開いたセーターに、グレンチェックの短めスカートと露出多め。夏まで拝むのが難しいと思っていた華奢な肩や生足が色っぽくコンニチワしている。

夏彦は考えてしまう。

『何だ？　何が未仔ちゃんをここまで積極的にさせるんだ？』と。

テスト期間中は控えめにしていたとはいえ、断食もとい、断スキンシップしていたわけではない。学校帰りの別れ際には、一日のご褒美キスも毎日行っていた。

そもそもの話、前例がない。テスト終わりの週末は欠かさずデートしてきたが、こんなに積極的に甘えてくる未仔は初めてなのだ。

長考する夏彦の身だしなみを未仔はせっせと整える。その背後では、メスライオンがオスライオンを毛づくろい中。

長考とリラックスが上手い具合にマッチングしたからだろうか。

夏彦はハッ！　とする。

「未仔ちゃん！　もしかして……！」

「!!!　は、はいっ！」

いつも以上に甘えん坊アピールしてきた未仔、ようやく実を結ぶときがやってきたかもしれないと、期待に満ち溢れた瞳で夏彦を見つめる。

「──もしかして、」

「う、うん！」

「未仔ちゃん、薄着で肌寒いんだよね!?」

「………………。え？」

夏彦の導き出した答え。

オフショルダーのセーター、タイトなミニスカートと露出多め。肌寒いコーデ故、自分に高密着することで、スキンシップと暖を両立してしまおうという一石二鳥作戦のため。

ＴＨＥ・浅はか。

とはいえ、夏彦としては大真面目。

「ま、待ってね！　今すぐ俺のカーディガンを──、……み、未仔ちゃん？」

大慌てでカーディガンを脱ごうとしていた夏彦の動きが止まる。

それもそのはず。目前の未仔が小さな頰をプクゥ！　と一生懸命膨らましていたから。

餌を備蓄するリスのモノマネ？

なわけがない。

「ナツ君のニブチン」

「ええ⁉」

普通の彼女であれば、機嫌を損ねて先へと行ってしまうのだろう。

しかし、未仔は普通ではなくスペシャルな彼女。ぷっくり頰を膨らましつつ、夏彦の右腕にひっしり抱き着き続ける。

子供は時に残酷。

「パパー！　怒ってるのにイチャイチャしてるー！」

近くにいる女の子が未仔を指差し、父親に何で何でと尋ね続けている。

「〜〜〜っ!!!　ナ、ナツきゅんっ、次の場所に行きましょう！」

カミカミ未仔ちゃん、夏彦に密着しながらスタコラサッサ。

真っ赤な顔を自分ではなく、夏彦の腕で隠そうとする姿が一層愛おしい。

赤面しつつ、未仔は自分に言い聞かせる。

（は、恥ずかしい……！　けど、ナツ君に想いが伝わるまでは諦めません!!!）

未仔のミッションは、夏彦の口から将来を考えてくれている発言をしてもらうこと。

勿論、コチラの問いに対して答えてもらうでは意味がない。あくまで、未仔はアピールをするだけ。「私は貴方とずっとずっと一緒にいたいです。貴方は私との将来をどう考えていますか？」と態度で示すだけ。

新那発案の『大人な私で誘惑しちゃえ作戦』は失敗に終わってしまう。けれど、奏発案の『押してダメならもっと押せ作戦』は未だ継続中。絶え間ないラブアピールで夏彦に尽くし続ける所存である。

琥珀発案の『既成事実を作ってまえ作戦』が論外なのはお察しの通り。

ヤル気に満ち溢れる未仔が次に向かった先は――、

「わ〜〜〜♪」

未仔、大はしゃぎ。

広々とした小屋へと入れば、見渡す限り、ウサギ・ウサギ・ウサギ。

耳が大きく垂れたウサギもいれば、丸顔で耳が短いウサギもいたり、「長老ですか？」と聞きたくなるくらい毛むくじゃらなウサギもいたり。

色や大きさ、品種も様々で100匹は優に超えているのではなかろうか。柵付きの室内を多くのウサギたちがピョンスカ跳ね回っている。

「ナツ君、見て見てっ！　皆モフモフしてて可愛い〜♪」

（未仔ちゃん、君がナンバー1だよ……！）

ウサギが可愛くて仕方ない少女がいたり、彼女が可愛くて仕方ない少年がいたり。

まさに心がぴょんぴょんするんじゃ。

受付でエサの野菜スティックを購入したナツミコは、早速ウサギへとスキンシップを図っていく。

注意書きに従うべく、怖がらせたりストレスを与えないよう、基本は待ちのスタンス。向こうから寄ってきたり、触れてきた場合のみ、モフモフにあやかれるというわけだ。選ばれた者だけの特権に違いないのだが、大それた話というわけでもない。

「ひゃぁぁぁ〜〜〜。ウサギさん、沢山来ましたっ」

伝説の聖剣を扱えるのは勇者1人だが、野菜スティック1本あれば多くのウサギたちが寄ってきてくれる。未仔の笑顔と幸せを供給し続けてくれる。

類は友を呼ぶといったところか。未仔がニンジンを差し出せば、近場にいた5、6匹のウサギたちが群がってくる。警戒心は皆無で、未仔の手に鼻先をヒクヒク押し付けるウサギもいれば、腰を下ろす未仔の膝元によじ登って寛ぐ猛者だっている。

「えへへ。幸せたなぁ♪」

未仔がウサギに癒されれば癒されるほど、夏彦はそんな彼女に癒されるという素晴らしきシステムが完成。

「小学生の頃もさ。俺と未仔ちゃんでウサギと遊んだことあるよね」

「！　ナツ君、覚えてるの？」

「勿論だよ。誘ったのは俺だし」

夏彦が小学5年生の頃、未仔が小学4年生の頃の話だ。

飼育委員に当時入っていた夏彦がウサギ小屋の掃除をしていると、外から様子を窺う未仔に気付く。ウサギに触りたいのだと思った夏彦は未仔を手招きし、一緒になってウサギと戯れたという思い出である。

「懐かしいなぁ。未仔ちゃん今よりずっと小さかったからさ。外から一生懸命背伸びしてウサギの様子を見てたんだよね」

「あのときね。本当はウサギじゃなくて、ナツ君を見てたの」

「そ、そうだったの？」

「うん。『あっ。ナツ君だ！』と思って、ついつい中の様子が気になっちゃって」

「勿論、ウサギも好きだったんだけどね？」と未仔が照れ気味に足元にいるウサギを優しく愛撫する。

そして、隠しエピソードに思わず頬を緩ませる夏彦へと、そっと寄りかかる。

「好きな人とまた同じ体験ができるんだから、私はすっごく幸せ者です♪」

彼女の自然に溢れる笑みに、彼氏ならば心奪われるに決まっている。

公衆の面前、ウサギが100匹いようが、未仔をハグしたい欲であったり、未仔とキスしたい欲が沸々と湧き上がってきてしまう。

（ここはふれあい広場……。けど、俺たちがふれあう場所じゃない……！）

そんな至極当たり前のことを考えていた矢先だった。

未仔がチュッと唇を重ね合わせてきたのは。

「未仔ちゃん⁉」

「えへへ♪　キスしたくなっちゃいました」

未仔本人としても、攻めた行為なのを理解している。だからこそ、顔は燃えるように真っ赤になる。

後戻りできないからこそ、

（い、今が攻め時です!!!）

「みみみ未仔ちゃん⁉」

いきなり始まる公開イチャイチャプレイに、夏彦エキサイティング。

ウサギモードと化した未仔が、マーキングするかのように夏彦の全身にスリスリスリ。

夏彦の首元へと鼻先をスンスン押し付けたり、おまけに唇も押し付けてみたり。

『貴方からも触ってください』とスキンシップを要求しちゃったり、『ラブラブしてくれないの？』と甘い瞳でジッと見つめてみたり。

（みこぴょい伝説……！）

至れり尽くせりのイチャイチャ波状攻撃に、夏彦の頭のネジが2、30本吹き飛ぶのも致し方ない。

これ以上のみこぴょい伝説は危険極まりない。このままでは、ウサギ小屋にいる親玉ウサギを家に連れて帰ってしまいそうになる。周囲にイチャイチャがバレてしまう。

「～～～っ！　み、未仔ちゃん！　これ以上は！　これ以上は、未仔ちゃんウサギを飼いたくなっちゃうからご勘弁を！」

「ほんと⁉　なら、もっと沢山甘えちゃいますっ」

「ええっ⁉」

夏彦にとって焼け石に水。未仔にとっては求めていた言葉。

『このチャンスを逃すわけにはいきませんっ！』と未仔はさらなるイチャイチャを決行。

まさに無呼吸連打。瞬発的に大きな力を出すべく、息を止めてスキンシップへと全神経を注ぎ続ける。頰に頰を摺り寄せたり、自身の髪を夏彦の胸板へ押し付けたり。恥ずかしがっている場合ではないと、たわわな胸やキュッとしたお尻で頑張ってみたり。

無呼吸連打を終えた未仔は、息を乱しつつ、瞳を爛々と輝かせつつ夏彦へ問う。

「ど、どうですか？　ナツ君は私のこと飼ってくれる？」

「いやいやいや！　未仔ちゃんはペットじゃないから！」

「えっ」

「そもそもだよ！　俺なんかが未仔ちゃんを飼うなんておこがましすぎるって！」

「…………」

「あ、あれ未仔ちゃん？」

「むぅ〜〜！」

作戦失敗。ウサギではなく、頰をパンパンに膨らますリス未仔リターン。

飼い犬に手を嚙まれる的な？「ニブチンなナツ君にはお仕置きですっ！」と、未仔が夏彦の耳たぶへと甘噛(あまが)み攻撃。歯を立てず、唇でハミハミハミハミハミ。

お仕置きというよりご褒美である。


動物園デート、ラストを飾る舞台は牧場ゾーン。

ここにはカップルに最も人気のある乗馬体験コーナーがある。

人気の理由は、二人一緒に乗馬できる仕様だからだろう。牧場内を15分ほどまったり回るだけなのだが、奥に広がる山々の背景も相まってヒーリング効果は絶大。

癒され放題、愛を語り放題というわけだ。

今まさに乗馬中のナツミコ。大きな馬がパカパカ歩けば、跨(またが)った二人も連動するかのように上下に揺ら揺ら。

前方の未仔が手綱を握り、後方の夏彦が手綱代わりの未仔を抱き締めている。

「ナツ君、遠慮しないでしっかり私に摑(つか)まってね？」

「う、うん……！」

夏彦は不思議で堪(たま)らなかった。

『どうして俺は、こんなに緊張しているのだろう……？』と。

自転車の二人乗りなら経験したことがある。しかし、そのときとは比べ物にならないくらい心臓の鼓動は忙しなく鳴り続けていた。

前後のポジションが逆だから？　自転車ではなく馬だから？　独身三十路の飼育員さんが同行しているから？

答えはＮＯ。正解は、未仔の甘え攻撃に麻痺してしまったから。

たとえるなら、野球などにおける『チェンジオブペース』という言葉がピッタリ。スローカーブを投げた後のストレートが速く感じてしまうように。インコースを投げた後のアウトコースが遠く感じてしまうように。

未仔の２００％甘えん坊攻撃を受け続ければ、コチラからのスキンシップにどうしようもなく緊張してしまう。後ろから抱き着くという行為がどうしようもなくエッチな行為と錯覚してしまう。『こんなに小さくて、ゆるふわな彼女を俺は毎日抱き締めていたのか……！』と日々のありがたみを実感してしまう。

まさに未仔マジック。

これこそ、未仔発案『もっと押してダメなら引いてみましょう作戦』。

（さぁ、ナツ君っ。私を沢山抱き締めてくださいっ！　勢いに任せて永遠の愛を誓っちゃってくださいっ！）

恋は盲目。夏彦も大概アレだが、未仔も大概アレなのだ。

弛（たゆ）まぬ努力が、実を結ぶ瞬間がやってきた？

「ナ、ナツ君……！」

背後にいる夏彦が、未仔をギュッと抱き締める。

チェンジオブペースなどではない。明らかに、いつも以上に力強い抱擁、強引ささえ感じるくらいの抱擁。

多少の息苦しさや痛みさえ感じる。しかし、そんなマイナスな事象さえ、今の未仔にとっては愛（いと）おしい。自分が求められていることを証明されているかのようで、堪らなく胸をトキめかせる。

乗馬中故、未仔は振り向くことができない。

乗馬していなくても振り向くことはできないだろう。嬉（うれ）しさや緊張がグツグツ煮詰まった今の表情は、さっと見るに堪えないと考えてしまう。大好きな彼氏に見られてしまえば、感情が吹きこぼれてしまう。

未仔は耳を真っ赤にしつつ、夏彦へと尋ねる。

「ナツ君、今考えてることを教えてくれる……？」

夏彦の身体が強張（しわば）る。目が大きく見開く。

しかし、それは一瞬だけ。

彼女が勇気を振り絞って聞いてきたのだ。

自分に言い聞かせる。『彼氏の自分が勇気を振り絞らないでどうする』と。

夏彦は呼吸を一つ整え、未仔の耳元で囁く。

「――未仔ちゃん」

「は、はい」

「その……、セーターがすごいズレてきてる……」

「ふぇ？」

未仔、自分の胸元へとゆっくり視線を下ろしていく。

そして、ようやく気付く。

大胆に露出していたはずの肩が、『もっと』大胆に露出していたことに。

「〜〜〜〜っ！？？！？」

「み、未仔ちゃん⁉　気を確かに！」

着慣れないオフショルダータイプのセーター、乗馬による激しい上下運動。ボリューミーで張りや弾力に富んだ未仔乳が大暴れしてしまえば、ポロリしてしまうのも頷ける。

広々とした牧場でポロリ直前だったことが恥ずかしい。

何よりも恥ずかしいのは、

（〜〜〜っ！　私だけ勝手に盛り上がっちゃったよう……!!!）

愛の言葉を囁かれると思っていた自分が恥ずかしい。

渾身(こんしん)の一撃を彼氏に食らわせようとしていたのに、そっくりそのまま自分に直撃。

未仔がご乱心？

「……げて」

「えっ？」

「ナツ君、セーターを上げてください……！」

「…………。ふぁ!?」

まさかのご要望に、夏彦も負けじと大赤面。

未仔は手綱を放せないだけに、窮地を救えるのは夏彦だけ。

皮肉なものだ。乳隠しのためにセーターを上げるプレイなど、通常時でも恥ずかしい。にも拘(かか)わらず、未仔マジックに掛かっている最中にマニアックプレイを要求されてしまう。

「そそそそ、そんなことしたら未仔ちゃんの胸を触る――、」

「〜〜〜っ！　皆まで言わないで！」

「で、でも！」

「……お願い。ナツ君以外の前で、これ以上ポロリしたくないの……！」

決してノーブラや下着オンリーというわけではない。それでも、乳を世間に晒すくらいなら、彼氏に乳を触られるほうがマシというのが未仔の答え。

というわけで、夏彦が選択する行為はただ一つ。

（〜〜〜〜〜っ！　おっぱい隠しま〜〜〜〜〜す!!!!）

心に秘めたる叫びと同時、彼女の両乳サイドから親指をずっぽし突っ込み、そのままセーターを一気にたくし上げる。

親指がデリケートな部分を目一杯刺激すれば、「ひうっ……！」と未仔の身体がビクンッと跳ねる。その振動や衝撃は、抱き締めたままの夏彦へダイレクトに伝わる。

「ご、ごめんね！　未仔ちゃん！」

「ううん……、むしろ助けてくれてありがとね……」

乳に触れたのに感謝されるのだから、夏彦としてはもう何が何だか分からない。

ポロリから脱却した未仔が安堵の息を吐くのだが、

「えっ！　もう一周しちゃうの？」

あっという間にゴール地点が見えてきてしまう。

満足などできるはずがない。彼氏に愛を語ってもらうはずが、ただただポロリしそうになっただけ。

ゴール地点の厩舎へと到着。夏彦は馬から先に降りると、未仔を降ろすべく手を広げる。

「み、未仔ちゃん？」

「むぅぅぅ〜〜〜！」

頬をパンパンに膨らました未仔が、夏彦をジッと見下ろす。乳とセーターに指ズボされたことを怒っているわけではないし、鈍感な夏彦に怒っているわけでもない。

凡ミスしてしまった自分が悔しくて堪らないのだ。

「うおう⁉」

まさに清水の舞台から飛び降りる勢い。良い子はマネしないでね。

未仔が手を広げる夏彦へと勢い良く飛びついてくる。

そして、夏彦の胸の中、未仔は堂々と宣言する。

「私、明日から本気出しますっ！」

「明日から⁉」

まさかの宣戦布告に、夏彦が声をひっくり返すのも無理はない。

今回のデートでさえ、当社比２００％に刺激的だったのだから。

※　※　※

明日から本気出す。

その言葉は、「行けたら行く」に匹敵するくらい信用性に欠ける言葉だろう。

しかし、発言主が未仔となれば話は別。

頑張り屋であり、彼氏アイラブユーの未仔が、嘘を吐くわけがない。

未仔が本気を出してから数日後の朝。

ベッドの中。規則正しく寝息を立てていた夏彦が寝返りを打つ。

「ひうっ」

「――ん？」

顔に押し付けた枕から可愛らしい声が。

夏彦は疑問を浮かべるが、目を開けようとはしない。

『枕が鳴くわけがない。どうせ夢だろう』と、本来鳴るはずのアラームが聞こえるまで起床する気はゼロ。

全く起きる気になれないのは、『枕』のせいなのかもしれない。

心地良いのだ。尋常じゃないほどに。

洗い立てだから？　柔軟剤を変えたから？

甘いミルクのような優しい香りがふわりと広がり、何度も深呼吸を繰り返してしまう。

そば殻枕を愛用しているはず。にも拘わらず、今使っている枕の感触はテンピュール素材顔負け。『真っ白な天雲をたっぷり詰め込んでます？』と聞きたくなるくらい枕の感触がふわふわでフカフカ。


現実世界では脇役ポジションの男も、夢の中くらいは欲望に忠実でありたい。

枕をグイッと手繰り寄せ、これでもかと枕を堪能する。

頬ずりしたり、深呼吸したり。時に頭を撫でられたり。

スリスリしたり、スーハーしたり。時に頭をナデナデされたり。

「ああ～……。この枕、最高に気持ち良い……」

「ほんと？　じゃあ、毎日使っちゃう？」

「うん。毎日使いたい――、……え？」

馴染み感たっぷりの声が耳元から聞こえれば、夏彦の目は完全に開く。

ゆっくり顔を上げれば――、

「み、未仔ちゃん？」

視界一杯に広がるのは、大好きな彼女の天真爛漫スマイル。

夢でもないし、寝惚(ねぼ)けているわけでもない。制服姿の未仔が添い寝してくれていた。

（あれ……？　じゃあ、俺が枕だと思ってたのって……）

恐る恐る、先程まで堪能していた枕へと視線を向ける。

ようやく気付く。

枕だと思っていたものが、未仔のおっぱいだということを。

「どわぁぁぁぁ～～～～！」

勢いよく飛び上がった夏彦、ベッドのスプリングを利用して見事な土下座。

緊急謝罪会見である。

「あああ朝から変なことしてごめん！　いやいやいや！　朝じゃなくてもごめんなさい！　最高に気持ち良いとか、最低に気持ち悪いセクハラコメントしてすいませんでしたぁぁぁ～～～～！」

セルフパフパフしたり、スーハーしまくったり。いくら寝惚けていたとはいえ、本来ならば打ち首案件。

しかし、未仔としては無問題(モーマンタイ)。むしろ寝ぼけて甘えてくる夏彦が、ただただ愛おしかったようで、

「ううん。ちょっと恥ずかしかったけど、ナツ君だから。ね？」

「～～～っ！　あ、ありがとう……！」

ナツ君だったら何でも許せる。

そう言われているようなものだし、「ね？」と照れ気味に同意を求めてくるところが反則級の可愛さを秘めている。

「もっと甘えてもいいんだよ？」と言わんばかりの柔らかい笑顔には、朝の陽ざしが良くマッチしている。

「お言葉に甘えていいッスか？」とイチャイチャしたくなる夏彦ではあるが、今は我慢すべきところ。

「えっと、何で未仔ちゃんが俺のベッドに？」

『もしかして寝過ごしたから迎えに来てくれた？』と思い、夏彦は時計を確認してみる。

時刻は7時手前。遅刻するような時間では決してない。

「私ね、新婚さんごっこしにきたの」

「ええっ⁉　し、新婚さんごっこ⁉」

「うんっ。新婚さんごっこです」

論より証拠といったところか。未仔は間抜け面の夏彦へと全力ハグ。

さらには、旦那役の夏彦へと、チュッ、とおはようのキスをする。

「み、未仔ちゃん……！」

「おはようございます、旦那様♪」

嫁っぽさもあるが、メイドっぽさも感じる。

どちらであろうが詮無きこと。押し寄せるバブみに抗う術もない夏彦は、顔を沸騰させることしかできない。

未仔の本気は、まだまだこんなもんじゃない。

「もう少し時間あるし、もっとチュウとギュウしよ？」

「だｖｄｆｖだふぁあｒｆだ⁉」

小さなお嫁さんの止めどない波状攻撃。

夏彦の唇にチュッ、頬にチュッ。もう一つおまけに唇へチュッ。

軽めのキスを３連コンボ。

からのフィニッシュブロー。

「ナツ君にギュ〜〜〜♪」

貴方が欲しくて堪りませんと、新妻と化した未仔がこれでもかと夏彦を抱きしめる。

抱き枕にしていたはずの彼女から、今度は抱き枕にされてしまう。

未仔に全身を委ねてしまえば最後。

（し、幸せ過ぎて死ねる……！）

夏彦が向かうのは学校でなく、天国なのかもしれない。

「えへへ。ナツ君に沢山エネルギー貰っちゃった♪」

早速受け取ったエネルギーを還元したいのだろう。ベッドから、ピョンッと立ち上がった未仔が、持参していたエプロンを身に付け始める。

「私、朝食のお手伝いしてくるね」

「えっ！　あ、おかまいなく！」

「私がしたいんだもん。ナツ君は学校に行く支度しておいてね」

ちなみに、夏彦ファミリー全員、未仔との交際に大賛成。

兄妹揃ってお世話になっているだけに、「未仔ちゃんを絶対に幸せにしなさい」と、父母から口酸っぱく言われているくらいである。

「またあとでね」と未仔に小さな手を振られ、夏彦も反射的に手を振って見送り続ける。

言伝どおり、支度をしなければならない。にも拘わらず、階段を下りていく音が聞こえなくなれば、夏彦は事切れるかのように今一度ベッドへ倒れ込んでしまう。

「新婚生活ごっこ、最高かよ……」

ボーッとする夏彦が、おもむろに自分の唇に触れる。

ほんのりイチゴの香りがするのは、未仔がリップを塗っていたからだろう。

昨日はアップルの香り、前々日はハニーレモンの香り。

（毎日、リップクリーム変えてるのかな？）

そんなことを夏彦が考えていると、廊下から顔を出す人物が約一名。

妹の新那だ。

「夏兄に朗報です。ミィちゃんがリップを毎日変えてる理由は、夏兄とのキスに少しでも新鮮さを味わってほしいかららしいよ」

「～～～～！　ひ、人の考えを読むなぁ！」

さすが妹。兄の考えていることなど、お見通しである。

※　※　※

朝の教室にて。

未仔や新那と登校し終えた夏彦は、自分の席で両腕を組みつつ、眉間に皺寄せたり、首を捻ったり。

「う～～～ん……。どうしたもんかなぁ……」

何について悩んでいるかといえば、勿論、大好きな彼女について。

未仔が愛おしくて堪らないのは、永久不変の理。

とはいえ、ここ最近のＬＯＶＥ度２００％超えの未仔は、明らかに飛ばしてる感、無理をしている感がすごい。彼氏である自分としては、背伸びなどせず、普段通りミニミニ背丈でのびのび接してほしいのは当然のこと。

「なぁ琥珀。最近、未仔ちゃんの様子がおかしいんだ」

「様子がおかしぃ～？」

お悩み相談相手は琥珀。

机に突っ伏しつつ漫画雑誌を読んでいる悪友としては、手が離せないわけではないが、目が離せないようで、

「せやったら、Ｂボタン押すか、かわらずのいしを持たせれば進化キャンセル――、」

「未仔ちゃんをポケモン扱いするなぁ！」

渾身のツッコミを披露しつつ、「もし、未仔ちゃんがポケモンだったら、進化キャンセルしたいような、進化後の神々しい姿も見たいような……！」と妄想にトリップしそうになる夏彦は、やはりアホなのだろう。

「で、暇潰しがてら聞いたるけど、未仔ちゃんのどこらへんがおかしいん？」

「ここ最近、未仔ちゃんのアプローチがすごいんだ」

「ほうほう。具体的には？」

「いつもはもっと恥ずかし気に、慎ましく甘えてくれるというか……。で、でもさ！　最近はちょっと無理して甘えてる感が強いんだよ」

大きな欠伸をかます琥珀へと夏彦は続ける。

「この前の動物園デートなんてさ。『がお～～～！』ってライオンの鳴き真似しながら俺に飛びついてきたり、俺を木に見立ててコアラみたいにしがみついてきたり、親カンガルーのポケットに入ってる赤ん坊みたく俺に甘えん坊してきたり――、」

夏彦としては、まだまだ言い足りない。

「他にもさ！」

「もういいナツ」

琥珀としては食傷気味？　もしくはどうでもいい？

どちらでもあるのだろうが、一番の理由は別にある。

「周りを見てみぃ」

「えっ。周り？」

「アンタが寒いこと言うから、彼女に恵まれない難民からの圧がすごいで」

雑誌を閉じた琥珀が、バスガイドよろしくに右手をヒラヒラ。

その先には――、

「カサイコロスカサイコロスカサイコロスカサイコロス――、」

「一度人を殺したら『殺す』って選択肢が俺の生活に入り込むと思うんだ。うん……。いいセリフだよなぁ!?」

「おおおおん！　俺も画面から出てくる、触れる彼女が欲しいよぉぉぉ〜〜〜！」

呪詛を唱える輩、名ゼリフを利用しようとする輩、ニャンちゅうチックに男泣きする輩などなど。おっかない野郎共が多数ラインアップ。

特に酷いのは、この2人。

バスケ部期待のエースである塩谷圭と、野菜王子（自称）こと逆瀬大地。

「なあ、大地……。どうして神様は、アダムとイブなんて作り出したんだろうなぁ」

「難しいこと分かんねー。モテない俺たちを嘲笑うためじゃね……？」

「「ハハハハハ……！」」

カッサカサに乾ききった笑みを浮かべつつ、非モテ軍団の長たちは貴重な水分、一滴の涙を零す。

（神様、どんだけ暇なんだよ……）

夏彦は言葉に出してツッコミたいが、その瞬間、自分の生命が潰える可能性大なだけに、

かける。

ガサツな悪友に相談したのがバカだったと猛省しつつ、夏彦は頼れるイケメンへと話しかける。

自分同様、愛する彼女を持つ草次である。

「というわけなんだけどさ。草次の忌憚ないアドバイスをいただければと！」

「未仔ちゃん信者のお前が分からないのに、俺が分かるわけねーだろ」

「ううっ。忌憚がなさすぎる……」

草次の即答に、夏彦はダウン寸前。

「まぁ、そうだな。俺からできるアドバイスは、早く解決しないと厄介になるぞってことくらいかな」

脅しではない。まさに経験者は語る。

普段ならば涼し気フェイスでコーヒーを飲む草次も、今だけは苦々しい様子で、

「髪を切ったり、新しく買った服に気付かないだけで、どこその奴は怒ってくるぞ。『そーちゃんは私に興味ないの？』って」

「そ、その質問に対して、なんて答えたの？」

「言ってやったさ。『興味が有ろうが無かろうが、俺の性格上、絶対言わないことくらい

分かってるだろ』って」

窓から遠くの空を眺めつつ、草次は呟（つぶや）く。

「その晩、俺の夕飯は白米とツナ缶だけだった……」

「おおう……」

草次のノンデリカシー発言も、奏の怒髪衝天な様子も脳内再生余裕。

「それはさすがに、草次の自業自得な気がするけどなぁ」

「ふん。未仔ちゃんのこと分かってないお前も同罪だろ」

まさに仰（おっしゃ）る通り。程度の違いこそあれ、彼女の気持ちを分かっていない同じ穴の狢（むじな）。

なんならイケメン補正が掛かる草次とは違い、フツメンな夏彦は補正どころか保険も適用されない。人生は残酷である。

「そそ。乙女はちょっとした変化でも気付かないと傷つくもんやで？」

美少女の格好をしたオッサン（こはく）にもドヤ顔で言われてしまう。

「どこぞの有名人も言ってたやろ、『凝（ギョウ）をおこたるなよ』って」

「どこの幻影旅団だよ……」

仮に凝を修得していたとして。いくら未仔をガン見しても何を考えているか、何を隠しているかまでは分からない。

未だに解決の糸口が見当たらず、夏彦の悶々とした気持ちは晴れない。

そんな夏彦を肴に、琥珀は黒ビール感覚でコンビニで買ってきたコーラを豪快にグビる。

琥珀にとって、悪友の悩みなど、ヘソで茶が沸くくらいどうでも良い。

——というわけではない。

「まぁ、時間の問題なんちゃう？」

「え」

適当にあしらっていた琥珀の唐突な発言に、夏彦は泡を食う。

「……もしかして、何か知ってる？」

「はてさて。どーやろねー」

以前のパジャマパーティで未仔からも相談を受けている琥珀は、当然何もかも知っている。

未仔を安心させてあげるだけの簡単なお仕事。

とはいえ、外野に言われて安心させるのは、いくらなんでもヌルゲーすぎるわけで。

友だからといって、なんでもかんでも手を差し伸べるのは優しさではない。

たまには突き放したり、肩パンするくらいが丁度良いのだ。

「仮にウチが未仔ちゃんの悩みを知っていたとして。それをウチの口から聞き出そうとするのは、お門違いとちゃいますのん？」

「ぐっ……！」

「昨今の若もんは他人に頼りすぎ。攻略サイトや実況者の解説動画ばっか観てへんで、自分で頭捻り倒してクリアせんかい」

「……琥珀って、ごく稀にスゲー的確なこと言うよなぁ。ゲームと一括りにした理由は良く分からないけど」

「人生もゲームも一緒一緒」と、あっけらかんに語る琥珀は本気で思っている可能性大。

草次からは経験談を聞き、琥珀からはお灸を据えられる。

野郎共からは羨望と殺意の眼差しを向けられる。

実りが有るような無いような。そんなフワッとした状態のまま、予鈴のチャイムが鳴り響いてしまう。


文化の秋。それすなわち、文化祭のシーズン。

HR。本日のテーマは、来月に行われる文化祭の出し物について。

「というわけで、出し物を決めていきたいと思いまーす」

進行役は夏彦。THE・中間管理職の男が真価を発揮するとき。

本来ならば損な役割だろう。しかし、彼女に対する疑問を現在進行形で抱いている夏彦なだけに、机に肩ひじついて呆けるくらいなら、教壇に立って人の役に立つほうがマシ。という自己犠牲精神が5割。残り半分は、『彼女イルンダカラ司会クライ進行シヤガレ』という非モテな男子たちの無言の圧力。

「何か希望する出し物はありますか？」と夏彦がクラスメイトに問えば、

「はいはいはい！　傘井っち、はいはいはい！」

先ほどのＬＯＷテンションはどこへやら。見た目も中身もおバカなムードメーカー、逆瀬が元気いっぱいに手を振り回す。

「メイド喫茶しよーぜ！」

欲望にバカ正直な男、恥ずかしがることなく目を輝かせて堂々と提案。そんな姿は鏡だと気付かずにキャンキャン吠え続ける間抜けな犬とよく似ている。

夏休みの前半は補習、後半は爺さんのいる田舎で畑仕事する毎日だっただけに、逆瀬が文化祭に込める想いは強い。

彼女の有無は言わずもがな。文化祭でナンパする根性もお祭しの通り。

となれば、クフスの女子たちのメイド姿だけでも目に焼き付けたい。

『せめてものお慈悲で思い出頂戴』という算段である。

男という生き物は、元気があれば何でもできるし、エロスがあれば一致団結もできる。

「いいねいいね！　俺もメイド喫茶に大賛成！　恵まれない男子に愛の手をぉぉぉ！」

「異議な〜し！　調理場は俺たちに任せて、女子は思う存分ニャンニャンしてくれ！」

「俺の女子力で最強のメイド服を！　猫耳&ウサ耳、ギャル風、和ロリ、ゆめかわ、何でもござれ〜〜い！」

彼女のいない非モテ軍団が、一斉にギャースカ、ワースカ。

その光景は魑魅魍魎（ちみもうりょう）。手を挙げて騒ぎ立てる姿は、極楽浄土から垂れた糸へとすがりつこうとする罪人たちによく似ている。

いくら地獄絵図と言われようと、ドン引きされようと、男たちはアクセルを踏み続ける。

知っているのだ。こういう非日常なイベントでは女子たちが大胆になってくれることを。

夏の海で露出多めな水着をさらけ出すように、ハロウィンでえっちぃコスでパーリーするように。

文化祭も以下同文。『青春』というスパイスが、彼女たちを一肌も二肌も脱がせてくれる。そう信じて止（や）まないからこそ、野郎共は『最もメイド服を着てほしい人物』へと、熱い眼差しを送る。

（これで冴木（さえき）さんのメイド服姿を拝むことができる。ありがたや、ありがたや……！）

（美少女だけで飽き足らず、関西弁で胸も大きいとか。神メイドキタァァァァ――――！）

（琥珀ちゃんにニャンニャン＆ご奉仕してもらいたい!!!）

意中の相手は、見た目Ｓ級の美少女、冴木琥珀。

黙ってたらアイドル顔負けなスペックを持つ琥珀なだけに、野郎共は我がクラスのマドンナへメイド服を装備させたいのだ。

琥珀×メイド服
無限の可能性を秘めるコラボを思い浮かべれば、男たちの表情はユルッユルに。

一方その頃、琥珀。

（ポテトの全サイズ１５０円クーポン、いつ復活するんやろか）

熱い眼差しなど露知らず。ペン回しで時間潰し。

怠惰の極みである。

「え～！　普通に嫌～～～！」

普通に嫌がるのは、女子グループのリーダー格、沢北朱莉。

本日も軽フワに巻かれたパーマ、うっすら桜色に塗られたマニュキュアやリップなどなど。校則ギリギリ、何ならちょっとアウトくらいの攻め具合は、近寄りがたいことギャルの如し。インフース、ギリギリを攻める走り屋の如し。

とはいえ、見た目はギャルながら中身は意外と良心的。カースト関係なく誰とでも仲良くできる、いわゆる良ギャルという部類である。

良ギャルでも、嫌なものは嫌。

「逆瀬の企(たくら)み透けすぎ。冴木さんのメイド姿見たいだけじゃん」

「さ、沢北⁉ 余計なことを言うんじゃねえ！」

「余計じゃなくて、あ・た・り・ま・え」

じっとり眼で逆瀬を朱莉は睨(にら)みつつ、

「てゆーか、『こういうイベントは、女子たちが簡単に羽目を外してくれる』とか考えてたら大間違いだかんね？」

「……え」

逆瀬と同じく、他の男たちも動揺を隠せない。開いた口が塞がらない。

野郎共がざわざわ。

どういうことだ？ だったら、ハロウィン翌朝のニュースでよく流れる、魔女やミニスカポリス、包帯巻き巻きナースの恰好(かっこう)をしたエッチなお姉さんたちは一体何処(どこ)にいるのかと。ナイトプールで普段よりも攻めた水着も何のその、妖艶なネオン光を浴びつつ「いえ～い♪」とシャッター押すギャルたちは何処に行ったら会えるのかと。

間抜け面の逆瀬は、恐る恐る尋ねる。

「羽目、外さんの……？」

「外すには外すよ？　けど、エッチな格好したいから外すんじゃなくて、思い出を作りたいから羽目外すんじゃん。男子たちのために外すと思ったら大間違いってこと」

「……」

審判にゴネるだけ無駄、チャレンジ申請しなくても分かるくらい至極真っ当なド正論。

何かとイチャモンを付ければ、付け入る隙はあるのかもしれない。しかし、邪(よこしま)な気持ち100％で提案したメイド喫茶なだけに、逆瀬は脂汗ダラダラ。

挙句の果てには、

「うわぁぁぁ〜〜〜！」

涙目で叫ぶことしかできない。

「じゃ、じゃあさ、じゃあさ！　沢北は他にしたいことあんのかよ⁉」

悲しき逆瀬の問いも何のその。

「ＴｉｋＴｏｋでショートムービー♪」

朱莉は「待ってました」と言わんばかりに、ニッコリ笑顔でアンサー。

「てぃ、てぃっくとっくぅ？」

「そ〜♪　伊豆見を主人公にした作品を作りたいの〜♪」

目をキラキラに輝かせる朱莉と、目を点にする逆瀬たち男子軍。

そして――、

(何で俺の名前が出てくんだよ……)

眉根を寄せる草次。

沢北朱莉は、草次の熱狂的な信者である。

付き合いたい気持ちが一年の頃はあった。何度か連絡先を聞こうともしたし、バレンタインでは手作りチョコも渡そうとした。

キレイな年上の彼女がいると知ったときは、ひとカラで失恋ソングメドレーだって歌ったし、スイーツバイキングでやけ食いだってした。

失恋を経験後、朱莉は一皮剝ける。

気付いたのだ、悟ったのだ。『彼女がいたって良いじゃん。伊豆見が笑顔でいられるならそれが一番なんだから』と。

今では恋する乙女ではなく、伊豆見を推しメンにするガチ勢。

男子たちのように、エロい気持ちで出し物を決めているわけではない。

推しを輝かせたいからこそ、朱莉はショートムービーを作りたいのだ。

草次親衛隊は1人じゃない。

「朱莉の意見にさんせーい！　賛成以外、意味が分からな～い♪」

「ショートフィルムをバズらせて、伊豆見を芸能界デビューさせちゃお～！」

「学園を飛び越え、ついに伊豆見君が世界へ羽ばたくとき……！」

「「「「きゃ～～～♪」」」」

真っピンクな声援で、女子たちが一斉にキャイノキャイノ。

両頰に手を当ててテンションを上げ続ける姿は、

（男子たちと大差ないよなぁ……）

そんな感想を夏彦は抱くが、ツッコむだけ無意味なことも重々承知。

黙々と『ショートムービー上映会（主人公：草次）』と板書していく背中は、中間管理職という言葉が相応しい。

メイド喫茶VSショートムービー。

それすなわち、琥珀推しの男子軍VS草次推しの女子軍。

「何がショートフィルムじゃあ！　伊豆見撮りたいだけじゃねーか！」

「冴木さんのメイド服姿見たいだけのアンタらに言われたくないし！　そんだけ見たいなら、自分たちでメイド服着ればいーじゃん！」

「お前らこそ自分たちだけで歌って踊っとけい！　再生回数5、6回の黒歴史動画を作っとけい！」

「伊豆見を俳優デビューさせる計画を邪魔しないでくれる？　アンタらダンゴムシは、岩の下で一生丸まっとけ」

「僕らは皆生きている！　冴木さんのグラドルデビュー一歩目を妨げるなぁ！」

争いというのは、いつだって醜い。

「逆瀬、生理的に無理」「親に謝れ！」「黙れブサイク」「個性的な顔と言え！」「農家継がずに土へ還れ」「俺だけ当たり強過ぎじゃね……？」　などなど。

もはや討論というより言葉の殴り合い。　1人の男子生徒など涙ぐんでいる。

「ちょ、ちょっとストップ！　皆、一旦落ち着いて！」

さすがの中間管理職も止めざるを得ないと、教壇から声を張り上げるものの、ヒートアップした教室内の気温を下げることは困難の極み。

「琥珀と草次！　渦中の人間なんだから止めるの手伝ってくれよ！」

友からのSOSに、草次と琥珀は重い腰を上げてくれる。

わけもなく。

「メイド喫茶でもショートムービーでもいいけど、俺は裏方しかやらないぞ」

「ウチがメイドォ？　冥土に送ったろかアホンダラ」

（ダメだコイツら……）

面倒ごとが嫌いな2人が助けてくれるわけもなく。

「傘井っち！　傘井っちは、俺たちの味方じゃんね⁉」

「傘井！　アンタはウチらの応援してくれるよね⁉」

「ええっ⁉」

挙句の果てには、逆瀬と朱莉から問い詰められる始末。

それもそのはず。夏彦を除けば、男子と女子の割合はピッタリ半々。

いわば、夏彦の一票によって全てが決まってしまう。

「傘井ぃ！　メイド服に清き一票を！」「傘井君！　ショートフィルムに投票お願いします！」「可愛い彼女のいない俺たちに愛の手ぉぉぉ！」「ダンゴムシ側に付いたら分かるよね……？」などなど。

男子に称えられるか、女子に処られるか。

女子に褒められるか、男子にボコられるか。

「ナツ。メイド喫茶選んだらどうなるか分かってるやんね？『お還りなさいませ』したくないやんね？」

「夏彦。ショートムービー選んだらどうなるか分かってるよな？　全裸監督なんてしたくないだろ？」

琥珀に肉体的に殺されるか、草次に精神的に殺されるか。

「あわわわ……！」

まさに究極の選択。あっちを立てればこっちが立たず。

クラスメイトたちの殺意すら帯びた視線が突き刺さり続ける。よもや呼吸することさえ忘れてしまいそうになるくらいのプレッシャー。

昔の夏彦ならば、キャパオーバーによってその場で立ち尽くし、強制シャットダウンしていただろう。『誰も死からは逃れられない』と、死を受け入れていただろう。

しかし、今の夏彦は違う。

（未仔ちゃん……！）

そう。愛すべき彼女がいる。

まだ死ぬわけにはいかない。未仔と文化祭デートを満喫する使命があるのだから。

スイーツや屋台飯をお腹いっぱい食べさせてあげたいし、クイズ大会やお化け屋敷、軽音部のステージ演奏なんかで大はしゃぎしたい。飛びっきりの笑顔になってほしい。

何なら文化祭をキッカケに、今以上に愛を育みたい。

というわけで、

（まだ死ねない……！）

夏彦のちっぽけな脳がキュルキュルと高速回転。内なる自分が最適解の答えを算出すべく、キーボードをカタカタカタ！　と超速入力していく。

その必死具合は、数学テスト、ラスト3分で計算ミスに気づいた時によく似ている。

時間にして10秒弱。

カッ！　と目を見開いた夏彦が、声高々に叫ぶ。

「劇!!!　劇なんていかがでしょうか!?」

まさかの第三の案に、クラスメイト一同がシン、と静まり返る。

「ほ、ほら！　劇だったら琥珀も草次もメインにできるし！　どんなコスプレだってさせ放題！　役によっては、オッサン――じゃなくて、ボーイッシュな琥珀でも乙女なヒロインにすることだって可能！」

夏彦のセールストークを聞いた男子たちは、

「た、確かに……！」

「冴木さんがメイド服だけじゃなくて、ナース服やチャイナ服、ラウンドガールの恰好までしてくれる無限の可能性が!?」

「明るくボーイッシュな冴木さんを清楚可憐なお嬢様役にもできる、……だと？　そ、想像しただけで胸の高鳴りが抑えきれねえ……！」

夏彦、さらに声を大に。

「普段はクールな草次も何でもござれい！　好青年な爽やかキャラにするも良し！　俺様な王子キャラにするも良し！　素材をそのまま召し上がっていただくも良し！　草次の出血大サービス！　持ってけ泥棒だぁ！」

夏彦の売り文句を聞いた女子たちが、

「ヤバ……。何その胸アツな提案……」

「劇ってことは、長時間、伊豆見を堪能できるってことだよね？　本番当日は生の伊豆見を応援しても良いってことだよね!?」

「キャ――♪　伊豆見様の七変化を拝みたい！　ラストは歌って踊ってほし〜〜〜♪」

殺伐としていた室内が、柔らかくなっていくのは明白。

「皆さん、いかがでしょうか!?　以上の観点から俺は劇を推します！」

逆瀬や沢北が顔を見合わせれば、お互いが同時に力強く頷く。

そして、中間管理職の男を賞賛する拍手や歓声が大きくなっていく。

「傘井、ナイスアイデア！」

「さすが空気を読むスペシャリスト！」

「よっ！　究極のバランサー！」

「「「「か・さ・い！　か・さ・い！　か・さ・い！」」」」

絶え間ない傘井コールでワッショイ。

（や、やった……！。俺は成し遂げたよ、未仔ちゃん……！）

一筋のキレイな涙を零しつつ、己の功績を夏彦は噛み締める。

ちょっとドヤ顔するくらいは許されるかもしれないが、そこは小心者な性格の持ち主。

「いやはや。皆さんの意見あってこそですよ」とヘコヘコ&照れ照れ。

とはいえ、いつまでも照れている場合ではない。

「よ～～し！　皆で劇を盛り上げていこ～～～！」

「「「「お～～～！」」」」

利害が一致した男女の、文化祭成功に向けてボルテージは最高潮を迎える。

めでたしめでたし。

約二名を除いて。

「なぁ草次。あのアホ、休み時間にボッコボコにしよな」

「気が合うな。俺も全く同じこと考えてた」

琥珀&草次の殺意剝き出しの視線が突き刺さることも露知らず。

夏彦は滅多に受けることのない賞賛の雨あられに、気持ち良くなっているのであった。

※　※　※

昼休み。それは死刑執行の時間。

夏彦、英雄から咎人へ。

「お、お待たせしました。お嬢様とご主人様……」

「うむ、くるしゅうない」「おう」

食堂にある売店から戻ってきた夏彦は、その足で頼まれていた菓子パンやコーヒーを琥珀や草次へ立膝ついて献上する。

ただただパシられるだけなら罪としては軽い。ということで、夏彦の頭にはメイドカチューシャの代わりに、大きなリボンをカスタマイズ。

東京ネズミーランドであれば、さほど浮いた存在にはならなかっただろう。しかし、ここは学校。前髪へアピン男子でさえドン引いてしまう羞恥プレイに、夏彦メイドの心はズッタズタのボッロボロ。

「ううっ……！　俺が売店に並んだ瞬間、皆が列を譲ってくれたよ……。絶対ヤバい奴だと思われた……」

「平凡キャラ卒業できて良かったやん」

「これからも俺らの代わりに売店よろしくな」

「良くないし、よろしくするかぁ！」

夏彦の心の傷を癒すのは、いつだって最愛の彼女。

「私はナツ君のリボン姿、とっても可愛いと思いますっ」

恋は盲目というか、何というか。

傍から見ればヤベー奴だが、未仔にとってはお茶目な彼氏に。

そんな未仔の真剣な眼差し、小さな身体の全てを使って頷く姿を目の当たりにすれば、

（三つ編みオンリーの未仔ちゃんも可愛いよなぁ……）

不平不満は何処へやら。普段とは違う未仔の見た目にキュンとするお気楽加減である。

とはいえ、いつまでも変質者のままでいるわけにはいかない。夏彦は自身の頭に付いたリボンを外すと、そのまま持ち主である未仔の頭へと取り付けていく。

三つ編みオンリーも可愛ければ、いつものテンプレスタイルもそりゃ可愛い。

「えへへ。ありがとね♪」

（〜〜〜〜っ！　何で俺の彼女はこんなに可愛いんだろう!!!）

ズッキュン度200％超えの笑顔に、夏彦も超絶大悶絶。

気を抜けば、教室のド真ん中だと忘れてキスしてしまいそうになる。

平常心、平常心、と深呼吸しつつ、未仔の頭を撫でたり喉元をコショコショしたり。

気を抜かずとも教室でイチャイチャつく時点で、倫理観がズレまくってるのはお察しの通り。

「なー草次。このイチャイチャをＴｉｋＴｏｋに上げたら、どうなるんかな」

「誰の得にもならないから、そっとしといてやれ」

「へーい」と琥珀は言いつつ、ナツミコがラブラブしている動画をグループＬＩＮＥへと送信する。

１分も経たないうちに奏や新那から、『午後からも頑張れそうです！』というメッセージであったり、ゆるキャラチックなハンペンが大歓喜している謎スタンプが送られてくる。

本日も平和である。


「ねーねー。傘井君と未仔ちゃんはカップルコンテストに出るの？」

「えっ」「カップルコンテスト？」

イチャイチャ中の二人に話しかけてきたのは、夏彦クラスの委員長、久方涼花。

トレードマークのポニーテールからチラ見えするうなじは、うなじフェチの野郎共からチラ見されがち。良ギャルの朱莉と仲良しな文武両道女子である。

普段は良識人な彼女も、恋愛事に関してはミーハーのようで、ナツミコたちを見つめる視線はキラキラと輝かしい。

小首を傾げたままの未仔に対し、涼花が説明する。

「文化祭の名物イベントみたいな感じかな。出場したカップルたちが次々出されるお題やゲームをクリアしていって、その年のベストカップルを決めるの」

「へ～！　そんなイベントがあったんですね」

「カップルって言ってるけど、異性なら友達同士でも参加できちゃうから、コンテストきっかけで本当のカップルになった人たちも多いんだよね。『これぞ青春！』って感じでキュンキュンしちゃう～♪」

涼花の顔が綻べば、「「「分かる～♪」」」と女子グループたちも大盛り上がり。

ラブなワゴンや、テラスな家であったり。恋愛リアリティ番組が根強い理由も頷ける反応。

ハンサム王子を奪い合う女性集団のバトルロワイヤルであったり。

「誰かー！　この中にカップルコンテストに出場したい女子はいませんかぁぁぁ!?」

アブラゼミの鳴き声が夏を知らせる道理と同じ。

文化祭が迫ると、逆瀬のようなアホが毎年現れるのも恒例行事なのだろう。

逆瀬の雑音を背に、塩谷が解説キャラよろしくにやって来る。

「傘井。今年は粒揃いどころか、『歴代最高峰のコンテストになるんじゃないか』って期待値上がりまくりなんだぜ？」

「そ、そうなの？」

「おう。３連覇に王手をかける東堂&西城カップルを筆頭に、ＹｏｕＴｕｂｅのカップルチャンネル『まひるみ』が絶好調の正広&瑠美カップル、両想いなのに中々最後の一歩が詰めれない王道ラブコメチックな美男美女、瀬尾&朝日川ペアなんかが既に出場を決めてんだよ」

「そんな夏フェスに参加するアーティストみたいに言わなくても……」

「そして！　彗星の如く現われ、破竹の勢いで四六時中イチャイチャするバカップル、傘井&未仔ちゃん！」

「俺ら!?」「わ、私たち!?」

驚く夏彦と未仔だが、塩谷含め、涼花ら女子グループ、琥珀&草次などからすれば特段驚く話ではない。何なら優勝候補の中でも頭一つ抜けているとさえ思えてしまう。

それくらい美女と野獣もとい、美少女と平凡男のインパクトは凄まじいわけで。

凄まじいものの、

「悪いけど、コンテストに出場する気はないかなぁ」

「「え〜〜！」」

涼花や塩谷が声を上げれば、夏彦は「あはは……」と苦笑いを浮かべる。

「傘井君、どうして？　今年は生徒会も大目玉イベント間違いなしだからって、豪華な景品を用意してくれるらしいよ？」

「そうだよ！　別に減るもんじゃねーし、出るだけ出りゃいいじゃん！」

「せやせや。普段通りイチャイチャするだけで優勝狙えるかもしれんのに。当たって砕けて来いや」

「琥珀は俺たちを何だと思ってるんだ……」

「バカップル？」とノータイムで答えるあたり、本心に違いない。

クラスメイトから優勝候補と言われるのは素直に嬉しい。主観だけでなく、第三者から見ても、おしどりカップルと思ってくれていることも。

しかしながら、それはそれ、これはこれ。

公衆の面前でイチャイチャしてしまっているが、あくまで結果。

二人はイチャイチャを見せびらかしたり、リア充アピールしたいわけではない。

何よりも、恥ずかしがり屋の末仔を困らせるようなことを夏彦は絶対したくない。

というわけで、結果は火を見るより明らか。

――と思っていた。

「出ますっ」

「え？」

「ナツ君とコンテストに出て、優勝目指して頑張ります！」

「………。ええええっ⁉」

未仔、まさかの出馬表明。

力強い宣言とは裏腹に、未仔の表情はあからさまに緊張の色を帯びている。

「未仔ちゃん⁉　コンテストだよ？　お客さんにいっぱい見られちゃうんだよ？」

「ナツ君と一緒なら、いっぱい見られてもへっちゃらだもん……」

「過激なクイズだったり、ハードなゲームとかするかもだよ？」

「か、過激なのもハードなのも、ナツ君となら乗り越えられるもん」

「で、でも――、」

「ナツ君とだったら何でもできるもん！」

「みみみみ未仔ちゃん⁉」

「私は本気です」と言わんばかり。未仔は夏彦を力いっぱい抱き寄せる。

抱き『つく』のではなく、抱き『寄せる』あたりに力強い意志を感じるし、

(〜〜〜〜っ！　未仔ちゃんのおっぱいが……!!!)

勢い余った夏彦の顔面の終着点は、未仔のマシュマロおっぱい。

「絶対に諦めるものか」と未仔がハグする力を強めれば強めるほど、夏彦の顔面にムニュウゥウゥ〜〜〜！　っと幸せな春が訪れる。柔らかくて温かくて、甘い香りに優しく包まれてしまう。

琥珀のたわわなパイパイで溺れていたときは、何が何でも抜け出そうと必死だった。

しかし、最愛の彼女の大海を感じてしまえば、

(もう溺れ死んでもいいです……)

夏彦、ご臨終宣言。

意識が沈んでいくバカレシの耳には、「よっ！　未仔ちゃん、よく言った！」「優勝しちまえバカップル！」「傘井はそのまま窒息してしまえ」などなど。クラスメイトたちの応援&罵声、絶え間ない拍手が聞こえてくる。

かくして、夏彦&未仔はカップルコンテストに参加することに。

……なった？

◆ ◆ ◆

放課後、ナツ君と別れた帰り道。

人足の少ない歩道で大きな溜め息をついてしまう。

「はぁ～……」

『ナツ君と一緒なら、いっぱい見られてもへっちゃら』

『過激なのもハードなのも、ナツ君となら乗り越えられる』

思い返せば思い返すほど、

「何で私って、取り乱すと毎回えっちな言い回しになるんだろ……」

実は見られたい願望がある。むしろ、過激やハードなものにも興味がある。

そんな誤解を、ナツ君に与えても不思議ではない言動の数々です。

誤解を与えただけではない。迷惑も掛けてしまった。

恥ずかしがり屋な私が、いきなりカップルコンテストに出るなんて言い出したのだ。ナツ君を驚かせたに決まってる。

ここ最近の私が空回りしているのは自分自身でも気付いている。ナツ君に振り向いてもらおうとアピールしすぎて困らせていることも。

だけど、コンテストにはどうしても出場したかった。

コンテストで沢山の試練を乗り越えることができれば、ナッ君がずっと目指している『一人前の男』に近づくことができると思うから。

我ながら単純です。

『仮に優勝することができれば、近づくどころかゴールまで大ジャンプできちゃうかも？』

そんな安易な期待で胸高鳴らせてしまいます。

今はナツ君とバイバイしたばかり。それならばと、肩に掛けていたバッグをナツ君代わりに抱きしめる。

「ううぅ〜。ナツ君、早く私を安心させてください〜〜……！」

口に出してしまえば、ナツ君が一層恋しくなる。一層カバンに顔を埋めてしまう。

こんなところを誰かに見られでもしたら、完全に変な子と思われるに違いない。

心なしか電線に止まってるカラスの鳴き声も、「あほー、あほー」と聞こえちゃいます。

「おバカなのは重々承知です」と呆れると同時。

とあることを思い出し、ハッと顔を上げる。

「……違う。安心『させて』じゃなくて、安心『してもらう』くらいの姿勢じゃないとダメだよね……！」

テスト終わりの女子会で、受け身は止めようと心に誓ったばかりだ。

こんな生半可な気持ちでカップルコンテストに挑んでも、他のカップルさんたちに勝てるわけがない。

真っ赤に燃える夕日は、私を焚きつけるには持ってこい。

「うんっ！」

地面に伸びる私の影が、いつもよりも大きく見える。

気のせいなのは分かってます。けど、そこは気持ちの問題です。

「よ～～し！　優勝目指して特訓頑張るぞー！」

握り締めた両手を力いっぱい空へと、えい・えい・おー。

善は急げ、鉄は熱いうちに打て、思い立ったが吉日。

気持ちが最大限に高鳴っているからか。

ふと、とある方のアドバイスが思い浮かびます。

ナツミコにとって、休日＝デートの日。

しかし、今回集まったのはデートというより、

「ナツ君、今から特訓をしますっ！」

「お、おー！」

夏彦が困惑しつつ右手を掲げれば、未仔も負けじと右手を掲げてヤル気満々。

彼氏の拳に触ろうとピョンピョン跳ねる姿が何とも愛くるしい。

何を特訓するかは聞くまでもない。カップルコンテスト優勝に向けてである。

本来ならば映画デートしに行く予定だった。

あれほど、「私の大好きな恋愛小説が映画化するの。ナツ君もキュンキュンできちゃうと思うから、一緒に見に行こうね♪」とテンションの上がっていた未仔なのに、急遽変更してまでコンテスト優勝に向けて意気込む本気っぷり。

何が彼女を戦場へと駆り立てるのか。何が彼女を愛玩動物なウサギから、勇猛果敢な小さき戦士へとさせるのか。

その答えは明白。愛を知りたいから。

どこぞの敗北を知りたいグラップラーな囚人のようだが、決してリアルファイトに飢えているわけではない。ただの乙女である。

特訓の舞台は、道場や滝ではなく未仔ハウス。

相も変わらずパステルピンクを基調とする部屋は、テディベアたちが沢山並べられキュートさ溢(あふ)れている。

『特訓』と聞いてしまえば、夏彦も思わず無駄な力が入ってしまうが、ベンチプレスやエアロバイクのような物々しいトレーニング機器は当たり前に見当たらない。

「ねぇ、未仔ちゃん。コンテストに向けての特訓ってさ。一体どんなことをするの?」

「傾向と対策です」

「傾向と対策?」

「うん。過去のコンテストで行われた課題を今の内に練習しておくの。備えあれば憂いなしです!」

さすが成績優秀、真面目な性格の未仔なだけに、何とも説得力のある言葉。

その足で勉強机へ向かった未仔は、何やら回収して夏彦の前へと戻って来る。

手に持っているのは小さなノートブック。

胸前で掲げられたノートブックのタイトルを、夏彦はゆっくり読み上げる。

「えっと、『マル秘　カップルコンテスト必勝データブック』……?」

その悲壮感溢れるノートの製作者は、幸いにも未仔ではないようだ。

右下には、『逆瀬大地&まだ見ぬ未来の彼女』という残念な文字が羅列されていた。

「逆瀬……。こんな黒歴史を作っていたなんて……」

10年後どころか、2、3年後くらいに読み直して悶絶必至なノートに、夏彦としては苦笑しかできない。

「未仔ちゃん、そのノートはどうやって手に入れたの？」

「あのね。カップルコンテストについての聞き込み調査をしてたら、逆瀬先輩がこのノートを貸してくれたの。『今年の俺には必要ないから、貸してあげるよ』って」

「ありがたいと同時に切ない……」

去年や今年どころか、来年も必要がないことを逆瀬が知るのは、やはり来年の話である。

「過去の課題を逆瀬先輩がまとめてくれてるから、それを参考に今日は特訓していきましょう！」

カップルの頂点に立つため、悲しき男の努力を泡にしないため。

「準備するから、ちょっと待っててね」とハツラツ状態の未仔が部屋を出て行く。

「凄いヤル気だけど、やっぱり俺のせいだよな……？」

取り残された部屋で夏彦が一人寂しく呟けば、クマの大きなヌイグルミ、ナッツの視線が突き刺さる。

未仔が本気なのか、ナッツが本気なのか。ふわモコ素材のナッツの額にはハチマキが巻かれており、『ナツミコ優勝』と丸みを帯びた文字で目標が書かれている。

『優勝せなシバくぞ』

そんな琥珀ボイスが、何故かナッツから聞こえてくれば、夏彦は思わず頬を引きつらせてしまう。

「まずは1つめの課題から予習していきましょう！」

「りょ、了解！」

未仔がビシッ！　と敬礼すれば、夏彦もすかさず敬礼返し。

カップルというより教官と訓練生の関係。

逆瀬ノートによれば、コンテストでは毎年3つの課題が出されるらしい。

1つめの課題は、生半可や冷やかしペアを取り除くためのカップル定番のゲーム。

百聞は一見に如かず、習うより慣れろ。

「ナツ君、お口あーん」

「はいっ……！」

夏彦が高鳴る心臓のまま口を開けば、未仔は優しく、とあるお菓子をそっと咥えさせる。

お菓子の名をポッキー。

それすなわち、イチャイチャの定番ゲーム、ポッキーゲーム。

未仔も咥えれば喋ることはできない。けれど、アイコンタクトを許せばゲームは開始。

（み、未仔ちゃんの顔が……、どんどん近くに……！）

一口、二口と口を動かせば、未仔との距離もラブセンチ。

彼女のあどけない童顔は勿論のこと、桜色な唇や小ぶりなお鼻、クリッと透明感抜群の瞳に吸い込まれそうになる。

一生懸命、未仔がポッキーを食べる姿は、先日に行った動物園の子ウサギが人参を食べている光景と瓜二つ。

ついには、あと一口で唇同士が重なり合う。

これが合コンであれば、既の所で躊躇っていたのだろう。

しかし、

「んっ！」「んっ……」

２人はバカップル。口づけなど日常茶飯事。

未仔など、「やっとナツ君と一緒になれました♪」と言わんばかり。夏彦の両手を握りしめると、ミルクチョコレートでいつもより甘くなった夏彦の唇を堪能し続ける。

ポッキーを食べ終われば特訓終了？

なわけがない。

「お菓子はまだまだありますっ。ナツ君、沢山練習しましょう！」

「ええっ⁉」

夏彦の役得展開が継続決定。

未仔の両手には、イチゴ味や抹茶味、最後までチョコたっぷりなトッポやあっさり塩味のプリッツなどなど。至れり尽くせりなラインアップ。

やると決めたら、やる系女子の未仔は、夏彦と何回もチュッチュッする準備は万端。

この日のために、昨晩の夜はワセリンとハチミツを混ぜたスペシャルパックだってしてきた。いつも以上に唇をぷるんぷるんに潤わせてきた。

とはいえ、ヤル気が成果に結びつくとは限らないわけで。

「あ、あのさ、未仔ちゃん」

「はい？」

夏彦は恐る恐る尋ねる。

「この練習ってさ。二人きりの空間でやっちゃうと絶対成功するんじゃないかな……？」

「……。──あっ」

ようやく未仔も気付いたようだ。

自分たちが四六時中キスをしていることに。練習ではなく、普段と何ら変わらないラブニケーションであることに。

繰り返すが、二人きりであればナツミコにとってキスなどお茶の子さいさい。

問題なのは、公衆の面前、大舞台を前にキスできるか否か。

自分なりに完璧な準備とプランを、未仔は練ってきたつもりだった。

それだけに、思わぬ瓦解で表情はアワアワ&ソワソワ。

どうしよう、どうしようと慌てふためきつつ、何やら思いついたかのように未仔が立ち上がる。

「そ、そうだ！　お母さんとお父さん呼んでくるね！」

「絶対止めて！　色んな意味で死んじゃうから！」

筋肉バッキバキな未仔父の前でチュッチュッしようものなら、ポッキーゲームではなくデスゲームが開催される可能性大。大前提、彼女の両親の前でポッキーゲームなど、訓練というより辱めという言葉が相応しい。

両親の前で彼女の乳を揉みしだいた過去があるとはいえ、話は別である。

ポッキーゲームだけでなく、１つめの課題で何度も出されたことのあるカップル定番のゲームを未仔は色々と準備していた。

ツイスターゲーム、二人羽織で早食い、ハグし合って風船を割るゲームなどなど。

数をこなせば、ある程度の時間短縮はできるだろう。

しかし、1つめの課題の目的は、生半可や冷やかしペアを取り除くため。早さはそこまで重要視されない。

いつもどおり部屋でイチャイチャしていても傾向と対策にならないことに気付いてしまえば、カップル定番のゲームを練習する必要性は薄れる。

というわけで、ナツミコは2つめの課題をこなしていくことに。

「2つめの課題は、いかに相思相愛かを答える以心伝心クイズですっ!」

未仔が二人分のホワイトボードとマーカーをテーブルへと用意すれば、夏彦も今から行われるゲームが何なのかを容易に想像できる。

「バラエティとかYouTubeの企画でよく見かける奴だよね。カップルや夫婦にしか分からない質問なんかを『いっせーの』で答えるみたいな」

「うんっ。このクイズは毎年確定で出題されるらしいから、今のうちに予習しておいて損はないと思うの」

準備万端な未仔は、さらにもう1つのアイテム、アルミ製のキャンディケースらしき空き箱を取り出す。

パカッと蓋を開ければ、中に入っているのは飴玉ではなく、

「クジ？」

「ナツ君と特訓するって言ったら、奏先輩たちが沢山問題を用意してくれたの」

「ちなみに、他の協力者は誰か教えてもらってもいい？」

「にーなちゃんと琥珀さんです」

「かなりの確率で地雷が混じってるってことか……」

可愛らしいと思っていたキャンディケースが、今では禍々しいオーラを放つパンドラボックスにしか夏彦は見えなくなる。

パンドラボックスだろうが蠱毒の壺だろうが。愛する彼女が一生懸命、計画してくれたのだ。いち彼氏として特訓を拒む選択肢はない。

「どーぞ、どーぞ」と未仔に勧められるがままに、キャンディケースから1片の紙クジを引く。

質問内容は、『初めてキスをした場所は？　※マウスｔｏマウスでお願いします！』

「この達筆な字は、奏さんだな……」

夏彦は忘れていた。普段は常識人な奏だが、未仔に関することだと我を忘れがちな同業者であることに。

いきなりの攻め具合に、いくら二人きりとはいえ照れが生じてしまう夏彦。

そんな夏彦を尻目に、ものすごい勢いでマーカーを走らせる未仔。

「ナツ君、書けましたか？」

「う、うん！　バッチリだよ！」

「『いっせーの』」でナツミコがホワイトボードをオープン。

夏彦アンサー『ショッピングモールの屋上』

未仔アンサー『ショッピングモールの屋上』

「えへへ。正解でーす♪」

「今でもハッキリ覚えてるよ。あのときは滅茶苦茶(めちゃくちゃ)、緊張したんだよなぁ」

未仔も当時のことを思い出し、クスクスと小さく笑う。

「私もね。キスされた瞬間、嬉しすぎて泣きそうになってたんだよ？」

「そ、そうなの？」

「だって、ずっと大好きだった人がキスしてくれたんだもん。感極まっちゃうよ」

「未仔ちゃん……！」

「今では毎日キスしちゃう仲なのにね」と茶目っ気たっぷりに言われてしまえば、夏彦のほうが感極まって咽(むせ)び泣(な)きそうなる。

今すぐにでも未仔を抱きしめてイチャイチャしたいものの今は特訓中。夏彦は平常心、平常心、と昂る感情を必死に抑える。

今度は未仔がクジを引く。

「えっと。『ミーちゃんの好きなところは？』って書いてます」

「ほうほう！　新那にしては良い問題を用意してくれたな！」

今度は未仔ではなく、夏彦が爆速でペンを走らせる。

やはり未仔としては恥ずかしい様子で、彼氏の思う自分の好きなところは何処だろうと、「うーん」と眉根を寄せて答えを考える。

「未仔ちゃん、こっちはいつでもＯＫ！」

「わ、私も大丈夫です！」

「「いっせーの――、」」

夏彦アンサー『全部』

未仔アンサー『尽くすところ』

未仔大赤面。

「ず、ずるいよナッ君っ！　私、真剣に考えたのに！」

「いや～♪　この答え一択だよね～♪」

バカ彦は本気で思っているだけに、未仔としても本気で怒れない。

何なら、『尽くす女』と自分で言っちゃっている『痛い女』と思われないかな……⁉と顔を火照らせるばかりである。

その後も、

『彼女を動物にたとえるなら？』

『行ってみたいデートスポットは？』

『ナツのめっちゃシバきたいところは？』

などなど。誰が書いたか分かるものが若干混じっているものの、出題されてもおかしくない良問に答え続ける。

（なにこの時間。めっちゃ楽しい……！）

（えへへ。すっごく幸せな時間だなぁ♪）

夏彦＆未仔、超絶至福ムード。

いつもは雑談で振り返る思い出をクイズ形式で振り返るのは新鮮だし、自分が恋人に対して抱いているイメージや考えを『良い意味』で裏切ってくれるのが心地良い。

このクイズなら不眠不休で続けられるモチベさえある。

しかし、夏彦『だけ』は気付いていた。

「ナツ君っ、ナツ君っ。次のクジ引いちゃうね♪」

「ちょっとストップ！」

きょとん、と首を傾(かし)げる未仔へと、夏彦はゆっくり首を振る。

「この特訓はもう止めよう」

「⁉　ど、どうして⁉」

「楽しいか楽しくないかで言えば、とてつもなく楽しいよ。……けどさ、」

「けど？」

「以心伝心クイズってさ。予習したら意味ないと思うんだ……」

「……。——あっ」

未仔、またしても重大な欠点に気付く。

そう。このクイズ、予習すればするほどに『以心伝心』ではなく『やらせチック』になってしまうのだ。

予習することは決して悪ではない。

しかし、前もって知ってしまった問題を正解したとしても、「私たちは仲睦(なかむつ)まじいカップルです」と胸を張れるか否かは明白。

気付いてしまえば、未仔はしょんぼり悲しい顔になる。

「呑気(のんき)に楽しんでる場合じゃなかったよね……。どうして気付かなかったんだろ……」

「き、気を落とさないで！　俺も今さっき気付いたくらいだしさ！」

アハハハハ！　と夏彦が大きく笑ってみせるが、1つ2つと立て続けに失敗している未仔なだけに、乾いた笑いさえ浮かばなくなる。

凹んでいる時間さえ勿体ない。未仔はトレードマークの三つ編みを左右に力強く揺らすと、『今度こそは！』と逆瀬秘伝のノートを開いて気合を入れ直す。

「グダグダでごめんね！　3つめの課題はしっかり対策するから！」

普段ならば、頑張り屋な彼女に夏彦は惚れ直していただろう。

しかし、今の彼女は少々空回りしている感が強かった。

「あのさ、未仔ちゃん」

「うん？」

「今日の特訓はこれくらいでいいんじゃないかな」

思いがけない夏彦の言葉に、未仔の大きな瞳がさらに大きくなる。

「気分転換に映画でも観に行こうよ。未仔ちゃんがこの前言ってた恋愛小説のはどう？」

「だめだよ！　もっと練習しないと！」

「文化祭まで、まだ時間があるわけだしさ。そんなに焦らないでも大丈夫だよ。ね？」

根を詰めすぎな彼女を落ち着かせるように、夏彦はゆっくり微笑(ほほえ)みかける。

普段ならば、優しい彼氏に未仔は惚れ直していただろう。

しかし、そんな優しさが却(かえ)って心をキュッと締め付けてしまう。

全然上手(うま)くいかない。

大好きな人に安心してほしいのに、自分のほうがなだめられている。

「——ねぇナッツ君」

未仔が小さく、静かに声を出す。

さらには、スカートのポケットから何やら取り出す。

その正体はクジ。

キャンディケースではなく、未仔のポケットから出てきたクジを「？？？」と夏彦はただただ凝視する。

百聞(ひやくぶん)は一見(いつけん)に如(し)かず。未仔が丁寧に折りたたまれたクジをゆっくりと開く。

同時に、夏彦の口も大きく開いてしまう。

「はぁぁぁあん!?」

『2人の初体験はいつ？』

球速200キロ、火の玉ド直球な質問が、丸みがかった文字で書かれていた。

(初体験、………だと!?)

頭の中がチンプンカンプン。

いくら高速演算で過去に遡ろうと、未仔とベッドの中、一糸纏わぬ姿で愛を育み合った日が検索エンジンに引っかからない。

そりゃそうだ。夏彦と未仔は、まだそういう行為に及んだことがない。

今の今までは。

「みみみみみ未仔ちゃん!?」

夏彦は素っ頓狂な声を上げてしまう。

目の前の未仔が服を脱ぎ始めたから。

厚手のセーターをたくし上げ、そのままネルシャツのボタンを1つ、2つと外していく。

華奢な肩から真っ白な肌、豊満で柔らかい胸の谷間がたっぷりと露になっていく。

未仔は止まらない。シャツの最後のボタンを外せば、キャミソール、さらにはスカートにまで手を掛ける。

あっという間だった。未仔が下着姿になるのは。

真夏のレジャープールや砂浜(ビーチ)で、未仔の水着姿なら見たことがある。

けれど、下着オンリーな未仔を直視するのは初めてなだけに、衝撃は計り知れない。

計り知れない理由は、明らかに『普通』の下着ではないことも理由だろう。

(～～～っ！　す、透け透けでガーターベルト……⁉)

えっちいのだ。とてつもなく。

デリケートな部分を隠したり、支えたりすることが基本的な下着の役割だろう。

しかし、未仔の下着は明らかに応用的役割を果たしている。

夏彦を誘うため、夏彦との行為を盛り上げるため。そう言わんばかりの漆黒のセクシーランジェリーが、未仔のエチエチな身体(からだ)を一層アピールし、夏彦の下半身事情をこれでもかと刺激し続ける。

脱ぎ終えた未仔は、やはり直視で見られるのは恥ずかしいようで、身体をせわしなくモジモジとさせる。

いつまでもモンモジしているわけにはいかない。このままでは何のために下着姿になったか分からないし、わざわざ大人のネット通販で彼氏が喜んでくれるセクシーランジェリー特集のページを吟味した意味がなくなってしまう。

準備は整った。

すぅ、と1つ深呼吸した未仔が夏彦を真っ直ぐに見つめる。

そして、最後にして究極の作戦を決行する。

「今から――」

「今から？」

「一緒に初体験をしましょう」

「！！！？？？」

まさかの琥珀発案、『既成事実を作ってまえ』作戦が始動。

作戦の経緯など知らない夏彦としては理解不能。大好きな彼女からの突発すぎるお誘いにただただ頭が沸騰してしまう。

「みみみみ未仔ちゃん！　どうしていきなり⁉」

「傾向と対策です」

「け、傾向と対策……？」

「以心伝心クイズで出されて、未経験だと答えられないから。だから今のうちにです」

「な、成程。そういうことなら――って、いやいやいやいや！　そんな問題絶対来ないって！

というか来たら答えなくていいから！」

そんなセクハラ100%の問題が出され、仮に『つい先日』などと大衆の前で答えようものなら、色んな意味で炎上してしまうビジョンしか見えない。

大前提、傾向と対策だけで初体験を済ませるのはクレイジーがすぎる。

未仔自身も行き過ぎた行為なことは分かっている。

それでも、もう止まることはできない。

「未仔ちゃん……？」

くるり、未仔が背を向けると、そのままベッドへと一直線。

真っ白でシワ1つないシーツへと腰を下ろすと、棒立ちする夏彦へと視線を合わせる。

ガラス玉のようで、潤んだ真ん丸な瞳に見つめられれば、夏彦は思わず生唾を飲み込んでしまう。扇情的な彼女の全身に見惚れ続けてしまう。

『未仔ちゃんが欲しい』

夏彦の強い欲望が漏れてしまったからだろうか。

未仔が応じるかのように、ゆっくりとマットへ沈み込んでいく。

仰向けになってしまえば、未仔のボリューミーな胸を支えていたブラ紐が仕事を放棄。

保水力たっぷりな2つのスライムプリンが、これでもかと零れ落ちんばかりに、へしゃいだり揺らいだり、へしゃいだり揺らいだり。

滅茶苦茶にしたいと思わせるのは、下着姿だけが原因ではない。

表情や仕草だ。

あられもない姿に恥じらいを堪えつつ、それでも『早く温めてほしい』と健気に待ち続けている。

極めつけは――、

「いいよ……？」

「っ……！」

未仔の甘美な言葉を引き金に、夏彦が一歩、二歩と歩き出す。

血を求めて徘徊するゾンビの如し。浅く呼吸を繰り返し、自分を求めて両手を広げる彼女へと近づいていく。

ついには、手を伸ばせば彼女へと触れられる距離に。

もはや猛る気持ちを抑えきれない。

「〜〜〜っ！　未仔ちゃ〜〜〜〜〜んっ！」

ガバッ！　と未仔へと覆い被さる。

彼からの激しい抱擁に、思わず目を瞑ってしまう未仔。

しかし、それは一瞬だけ。

「ナツ、君？」

気付いてしまう。

自分を包み込んでいるのは、夏彦ではなく毛布であることに。

「……どうして？」

未仔は言葉を震わせつつ続ける。

「ナツ君は私の事嫌い？」

「そんなわけないでしょ！　大好きだからこそだよ！」

「ナツ君にならどこを触れられてもいいし、何をされても許しちゃうよ？　望むことなら何でもしちゃうよ？　ぱふぱふやコスプレだって」

夏彦は我ながら情けないと思う。

彼女の至れり尽くせりな提案を聞いてしまえば、襲っていたIFの世界を妄想してしまう。歯止めが利かなくなって、延々と彼女を求め続ける自分が容易に想像できてしまう。

だからこそ、堪えることができて心底良かったと思える。

「ぶっちゃけます！」

ピュアな男、声高々に叫ぶ。

「本当は、滅茶苦茶ぱふぱふしてほしいです！」

「ふぇっ⁉」

自分で提案したと言えど。彼氏のバカ正直なカミングアウトに、未仔の顔が真っ赤に染まっていく。

「ナース服やチャイナ服なんか着てほしいし、バニーガールになってピョンピョンだってしてほしい！ チアリーダーになってフレフレって応援もされたい！」

「ピョ、ピョンピョンにフレフレ……⁉」

「世界一可愛(かわい)い彼女が、俺のためにこんなにエッチな恰好(かっこう)をしてるんだ！ ムラムラしないわけないでしょ！ セクシーな未仔ちゃんも可愛くて堪(たま)らない！ 気を抜いたら抱きしめたくなる！」

「だ、だったら――、」

未仔の言葉を遮るように、夏彦は首を横に振る。

そして、最も伝えたい想(おも)いを未仔へ告げる。

「ずっと一緒にいてほしい彼女なんだ！ 勢いで初体験を済ませたくないよ！」

「！」

プロポーズというわけではない。

　とはいえ、未仔の涙腺を緩ませるには十分すぎる言葉だった。

「ずっと……？　ずっと一緒にいてくれるの？」

「うん。未仔ちゃんがずっと一緒にいてくれるように、もっと頑張るよ」

　一人前の男にはまだまだ遠い。彼女に相応しい男になったわけでもない。

　それでもだ。大好きな彼女を悲しませるくらいなら、自分のプライドなんてクソくらえ。

　そんな風に夏彦は考えてしまう。

「ううぅ～……！　ナツ君からやっと聞けたぁ……！」

　甘えん坊な彼女は、布団よりも彼氏が恋しい。

　エッチな下着のまま、未仔は大胆にも夏彦を強く手繰り寄せてしまう。

※　※　※

　このままでは風邪を引いてしまうし、何よりも目のやり場に困る。

　未仔にもう一度服を着てもらってから、どれだけ経過しただろうか。

　二人は肩と肩が触れるくらいの距離で隣り合いつつ、ゆったりとコーヒーブレイク。

「未仔ちゃん、落ち着いてきた？」

「うんっ。ナツ君のおかげで心が軽くなりました」

温かいココアをトレーに置いた未仔は、そのまま夏彦へとさらに寄りかかる。その柔和な笑顔を見ただけで夏彦にも笑顔が移ってしまう。

「本当にごめんね。未仔ちゃんが俺との将来のことで悩んでることは、何となしに気付いてたんだ」

夏彦は自嘲気味に頰(ほお)を搔(か)く。

「未仔ちゃんに相応しい一人前の男になりたいって意識しすぎてさ。『自分が納得できるまでは、将来を約束するような言葉を使っちゃダメだ』って、頑(かたく)なになってた」

「ううん。ナツ君が私の為(ため)を思って、頑なになってるのは分かってるから」

彼氏のプライドを未仔は尊重しつつ、

「私こそごめんなさい。ナツ君が頑張ってくれてることを知ってるのに、焦らすようにアピールし続けちゃって」

「いやいやいや！　一生懸命アピールしてくれる未仔ちゃんも可愛かったし、俺としては役得というか何というか。全然怒ってないよ！」

「重い女って困らせてない？」

「困ってるわけないよ」と告げる夏彦は、言うが早いか行動に移す。

「そいや」

「ナ、ナツ君っ？」

隣にいる未仔をひょいっと持ち上げ、自分の前へと座らせる。

そのまま、たっぷりと後ろから彼女を抱きしめる。

「ほら。未仔ちゃんはめちゃくちゃ軽いよ。むしろ、『飛んでいっちゃわないかな？』って思っちゃうくらいのフワフワ具合だって」

「……ほんと？　私、単純だから鵜呑みにしちゃうよ？」

「しちゃえ、しちゃえ」

未仔が振り向けば、白い歯が見えるくらいの笑顔で夏彦がお出迎え。

大好きな人の、大好きな表情を見てしまえば、未仔は際限なく溢れる感情を抑えきれない。反射的に夏彦への唇へと、ちゅっと軽くキスをする。

軽いキスはあくまで引き金。

「……いい？」と、未仔が彼氏へと潤んだ瞳でおねだりをすれば、夏彦もまた彼女をどうしようもなく欲してしまう。

おねだりは成功し、いつもよりも長く、いつもより少し激しめのキス。

飛んでいかないようにと互いの手を握り合い、呼吸を忘れるくらい幸せな時間に身を委ね続ける。

3章：祭が始まれば、愛も深まる

文化祭当日。

学校を挙げての一大イベントというだけあり、生徒は勿論、一般参加者である地元民や他校生たちが、学内を賑やかし続けている。

昼直前、腹を空かせる頃合いともなれば、グルメ系のクラスや部活動は血気盛んに客引きを始め、

「3－Aのギガ盛りカレーはいかがっすか〜！　ほら兄ちゃんら！　食べ盛りなんだから、買ってらっしゃい、食ってらっしゃい！」

「緻密に調合された秘伝のタレが絶品！　科学研究部の焼き鳥をご賞味あれい！　10本買えば、オマケでデスソース味も付けちゃうよー！」

「ラグビー部名物ぅぅぅ！　漢のプリンアラモードォォォ！　購入者全員にもれなく胴上げもプレゼント！　わっしょ〜〜〜い！」

客がドン引くのも無問題。我が店こそ至高だと、絶え間ないセールストークがどこもかしこも聞こえてくる。

一方その頃、夏彦クラス。

演劇が出し物である彼らは、体育館のステージにて、今まさにドラマを繰り広げていた。

題目は、『現代版ロミオとジュリエット　～学園ラブコメ風～』

薄暗い館内。観客席に座る誰もが、ステージ中央でスポットライトを浴びるヒロインへと注目している。

ヒロインの名を琥珀。

普段の装いを喩えるのなら『じゃじゃ馬』という言葉が良く似合う。

「息苦しいくらいならガン見されるほうがマシ」と、ボリューミーな胸を覆うワイシャツのボタンは2個開けがデフォ。「恥ずかしさより快適さ」と、キュッと引き締まった太ももをアピールするかのようにスカート丈は短め。

しかし、今の琥珀には『清楚、お嬢様』という言葉がピッタリ。

ワイシャツのボタンは最後まで留まっており、蝶リボンもしっかり装着。スカート丈は校則どおりの長さ且つ、気品を際立たせるためにショートソックスではなく黒タイツ。大好きなスニーカーも似合わないとローファーを標準装備。

フィニッシュブロー。黒髪ロングのウィッグを被ってしまえば、誰がどう見ても清純派なパーフェクトヒロインである。

見た目だけは。

「ああ、ロミ男！　ロミ男！　何でアンタはロミ男なん？」

（知らんがな……）

ステージ裏、劇を見守る夏彦が思わずツッコんでしまうのは、関西弁が原因に違いない。

勿論支給された台本は全て標準語で書かれていたのだが、「アイ・キャン・ノット・スピーク・標準語」と女優からNGが出たので、関西弁ｖｅｒをお届けすることに。

覚えゲー。暗記が大得意の琥珀なだけに、セリフは正しいのだろう。

とはいえ、ハイパー大雑把。

「ウチを好きって誓ってくれるなら、ウチも何もかも捨てるのに！　――アンタのこと、アンタのことがっ……！　めっちゃ好っきゃねん！」

吉本新喜劇感たっぷりなヒロインに応じるのは、主役である草次。

普段でもイケメンなのに、本日はさらにイケメン。ちょっとルーズに制服を着崩したり、ちょいワイルドな男を演出する濡れパーマ風のヘアスタイルであったり。

「アア。俺モ、ジュリ恵ノ事ヲ、愛シテルゼ」

スマホのＡＩアシスタント？

『Ｈｅｙ、Ｓｏｕｊｉ』、もしくは『ＯＫ、Ｓｏｕｊｉ』と語り掛ければ作動しそうな。

それくらいの大根役者っぷり。

イケメンだからといって、演技も上手いかといえば話は別。

というより、ヤル気があるかは話が別。

本番当日、スポットライトをモロに受けている今でさえ、草次の考えていることといえば、「何で俺がこんなことを……」という悲しき想い。

ハイパー大雑把な関西女と、AIアシスタントな大根男、無限のコラボレーション。

「ロミ男、ウチな。今度お見合いすることになってん」

「マジカ」

「オトンの取引先の息子、めっちゃウチのことタイプらしいねん。敵わんわぁ〜、美人って罪やわぁ〜」

「ソレナ」

「というわけやから、お願いロミ男！　オトンやら息子やらシバいたって！　ウチを助けてホールドミー！」

「オウ。頑張ルワ」

B級映画でさえ、アカデミー賞候補に思えてしまうくらいのド畜生劇場。

二人の親友である夏彦としては、「こんな感じでお届けして、本当に大丈夫なんでしょうか……？」と、どうしようもなく心配になってしまう。

けれど、2－Bクラスで心配しているのは夏彦だけ。

「着崩した冴木さんの服装も良いけど、ああいう清純派の服装もヤバいわぁ〜……！」

「めっっっっちゃ〜〜〜分かるっ……！　てか、清純派の関西弁って新しくね？　俺ら、新世代のアイドルを発掘しちゃったんじゃね⁉」

取引先の息子役である塩谷や、ジュリ恵の父親役である逆瀬がエキサイティング。

他の男子たちもワイノワイノ。誰もが琥珀の晴れ舞台、というか清純派モードの琥珀を拝もうと、舞台袖から我が我がとひしめき合っている。

女子グループも以下同文。

「伊豆見のイケメン度、マシマシで超ヤバくない⁉　いつも以上にダルそうにしてるのが超ツボなんだけど〜♪」

「うんうんっ。ヘアスタイルもパーマ風にしてみて大正解だったよね〜♪」

衣装＆メイク担当の朱莉や涼花もハイタッチで大喜び。

他の女子たちもキャイノキャイノ。特に草次ファンたちは凄まじく、消音カメラでひたすらパシャリ続けたり、舞台袖に固まる男を払いのけたり。

カオスなのは、クラスメイトたちだけではない。

というより、観客席のほうが凄まじい。

「琥珀ちゃああああん！　アバウトな演技も最高！　最優秀賞おめでと～～～う!!!」

「キャ～～～～！　伊豆見君、私にも棒読みで囁いて～～～♪」

「冴木嬢！　カメラ目線でハイチーズ！　ありがとうございます！　ありがとうございます！　ありがとうございます！」

「そーちゃ～～～ん！　照れてて可愛いぞ～～～♪」

「「照れてる♪　照れてる♪」」

などなど。

アイドルのコンサートばりの大盛り上がり。熱狂的なファンや信者は、『草次ＬＯＶＥ』というウチワをかざしたり、『琥珀命』といったハチマキを締めて歓喜乱舞したり。

草次も然ることながら、琥珀も人気者であったことを思い出すには十分すぎるオーディエンスたちの熱量。

まさしく、ただしイケメン＆美少女に限る。

恋は盲目。推しのイケメンやアイドルであれば、ヘックソな演技やダンスでも許せてしまう。多少の不祥事も目を瞑ったり、クレームに対して逆切れコメントを返してしまうてな感じで、普段から告白や羨望の眼差しは日常茶飯事、ファンの多い２人がメインを務める劇ともなれば、どんな演技だろうとオールＯＫ。

観客の声援を浴びれば浴びるほど、サービス精神やイタズラ心が芽生えてしまうのが琥珀という生き物。

草次を見つつ、琥珀がニヤリと口角を上げる。

「なーなー。ロミ男はウチのこと愛してるー？」

「あ……？　お前、そんなセリフ――、」

「な～な～。ロミ男はウチのこと愛してるぅ～？」

「いや――、」

「ロミ男はウチのことあ・い・し・て・る？」

まるでＲＰＧのＮＰＣ。断固として草次を辱めたい琥珀はニヤニヤ。

キャルン☆という効果音が出そうなくらい、わざとらしく上目遣いでジュリ恵がロミ男を見つめれば、イタズラではなく演技に早変わり。

「ロミ男～！　ジュリ恵の無垢さに応えてやれよ～！」「ジュリ恵ちゃん、お前の言葉を待ってんだよ！　乙女なんだよ！」「伊豆見ぃ！　俺と代われコンチクショウ！」などと感情移入しまくりな観客たちが、煽ったり涙したり。

「で、どうなん？　ロミ男はウチのこと好きなん？　愛して止まないん？」

（コイツ……。めちゃくちゃ、うぜぇ……！）

やる気ナシなＡＩアシスタントとはいえ、草次も劇を台無しにしようとまでは思わない。

溜息と一緒にプライドや恥じらいも吐き出すと、

「スキスキスキ。ジュリ恵ノ事大好キ、愛シテル」

「プッ……、ククク！　し、失礼……。プププ！」

死んだ目で草次がアドリブを呟けば、琥珀としては愛おしくて堪らない。

『もっとイジりたい！　普段クールな男をイジってイジって、イジり倒したい！』という琥珀のチャレンジ精神が胸をトキめかせ続ける。

「で、ロミ男はどれくらいの規模でウチのこと好きなん？」

「……東京ドーム10個分クライ」

「少な～～い！　ウチは大阪城ホール１００個分くらい好きやのに～！」

「ジャア俺モ１００個」

「『じゃあ』って酷いわぁ～。そういう適当な返しが乙女心を傷つけるんやで？　リアル彼女さんにもデリカシーないって怒られるんやで？」

ロミ男ではなく草次へのダメ出し。

メタ満載なアドリブは観客の心をキャッチするには打ってつけ。野郎共は「いいぞ～！

もっと言ってやれ〜！」と野次り、草次ファンたちは「伊豆見君の塩対応が大好き〜〜！」と黄色い声援を上げる。リアル彼女は、「琥珀ちゃん！　この際、そーちゃんにもっと言っちゃえ〜〜♪」と野次に参加する。

言いたい放題、やりたい放題の雰囲気が増す会場内、草次の取った行動は——、

「——ん？　ロミ男？」

今までの大根役者っぷりが嘘のよう。二枚目俳優さながらの爽やかスマイルで、琥珀の頭へポンと右手を置く。

そのまま、琥珀の耳元で静かに囁く。

死の宣告を。

「——琥珀、あんまし調子乗んなよ？」

「イギャアアア〜〜〜！」

愛ではなく、死の宣告を受けたからだろうか。琥珀が苦悶の表情で顔を歪ませる。

「イタタタタタ！　ロミ男がめっちゃアイアンクローしてくるんやけど!?」

呪詛で苦しんでいるわけではなく、草次が琥珀の脳天を鷲掴んで圧迫しているだけ。

「アドリブって必要やん！　スパイスですやん！　てか、草次！　そんなことしてええんか？　ラストシーンで奏さんが見てる中、アンタにベロチューしてNTR——、冗談やか

ら拳振りかざさんといて！」

「照明班は照明落として！　暗転してるうちに琥珀と草次回収――ッ！」

さすが空気を読むスペシャリストの夏彦。ロミ男VSジュリ恵のプロレスショーを始めさせるわけにはいかないと手早く収拾させる。

暗闇の中、ステージ上では役者も裏役もワチャワチャ。

「琥珀のアホ！　頼むから台本通りやってくれよ！」

「ノンノンノン。物語は生モノなんやで？　台本通りにいくわけないやん」

「志だけ一人前……！」

この破天荒なヒロインのおかげで、劇は終始大盛り上がりなのだから、何とも歯がゆい夏彦であった。

※　※　※

午前の部が大成功(?)を迎え、午後の部が始まるまでの休憩タイム。

夏彦は大急ぎで、体育館から目的地へと向かっていた。

1分1秒が惜しい。

いつもの夏彦ならば、お人好し故、街頭アンケートやキャッチのお兄さんに呼び止められれば足を止めていただろう。キョロ充故、「ご一緒にポテトはいかがですか？」と聞かれれば、ポテトを注文していただろう。

　しかし、今の夏彦は――、

「3－Aのギガ盛りカレーはいかがっすか～！」

「すいません！　急いでいるので！」

「科学研究部の焼き鳥をご賞味あれい！」

「今は大丈夫です！」

「ラグビー部名物ぅぅ！　漢のプリンアラモ――、」

　有無を言わさずNOセンキュー。バッサバッサと客引きを斬り捨て、目的地目指して全力ダッシュ。

　気分はメロスといったところか。メロスとの違いを挙げるとすれば、夏彦の場合、竹馬(ちくば)の友ではなく最愛の彼女のために急いでいる。

　それすなわち、セリヌンティウスではなく未仔(みこ)のため。

　ついには、未仔のいる教室、1－C前へと到着する。

「うおう！　大盛況……！」

未仔クラスはかなり繁盛しているようだ。教室前には野郎共——、ではなく客たちが列をなしており、プラカードを持った男子生徒が「最後尾はコチラでぇぇす！」と声を張り続けている。

本来ならば並ぶ必要があるが、夏彦には予め入手していたアイテムがある。

夏彦、メロスから水戸黄門へ。

「すいません！　1名でよろしくお願いします！」

『これが目に入らぬか！』と言わんばかり。胸ポケットに大事にしまっていた整理券を取り出し、受付係へと猛アピール。

さすれば、夢への扉は開かれる。

「「「「いらっしゃいませ！　ご主人様っ♪」」」」

見渡す限り、メイド・メイド・メイド。

教室へと足を踏み入れた瞬間、メイド姿に身を包む少女たちが、愛嬌たっぷりスマイルで熱烈大歓迎。

そう、未仔クラスの出し物はメイド喫茶である。

室内に満たされた甘い香りは、スイーツやドリンクが原因に違いない。

しかし、こうも天真爛漫なメイドさんたちに囲まれてしまえば、「原因コッチじゃね？」

と錯覚してしまうのは致し方がない。

案内された席へと腰下ろし、お目当てのメイドを今か今かと夏彦が待ちわびていると、

「ナツくーん♪」

「!? そ、その声は！」

慣れ親しむ弾んだ声へと振り返る。

一際甘いオーラを漂わせるメイドが、夏彦のもとへと小走りで駆け寄ってきていた。

黒をベースにしたワンピースチックな衣装に、フリフリなレースエプロン。彼女のトレードマークである三つ編みが非常にマッチし、頭に付けられたホワイトブリムが一層と可憐さやロリっぽさを助長させる。

周りの少女たちと同じメイド服を着用している。にも拘わらず、どのメイドよりも輝いて見えるのは何故だろうか。

小柄な身長だから？ 三つ編みだから？ ロリっ子だから？

アンサー。夏彦がバカレシだから。

「おかえりなさいませ、ご主人様っ♪」

「て、天使……！」

「メイドだよ？」と目の前でクスクスされてしまえば、吐血案件待ったなし。

「すっ～～ごくっ！　可愛(かわい)い！　衣装が似合いすぎて、私服にしてほしいくらいだよ！」

「えへへ。ナツ君に褒めてもらえて嬉(うれ)しいな。夜なべして作った甲斐(かい)がありました♪」

『もっと見て見て』と意味を込めて未仔がその場でターンすれば、ふわりとスカートが翻る。後ろ姿もそりゃ可愛いに決まっているし、360度の旅を終えて満面の笑みが戻って来れば、ハートブレイク待ったなし。

彼氏としては、もっともっとメイド服を見せびらかしてほしい。何ならターンどころかワルツすら踊ってほしい。踊ったことなどないくせに、「シャルウィーダンス？」と誘いたくもなってしまう。

イチャイチャしたくなるのは以下同文。

「夏兄、お触りは禁止だからね？」

「に、新那(にいな)!?」「にーなちゃん？」

むっつり夏彦へとガッツリ釘(くぎ)を刺すのは、妹である新那。

まったりマイペースな干物妹(いもうと)もメイド服を身に纏(まと)い、本日ばかりは給仕に勤(いそ)しんでいるようだ。

新那が「このとおりです」と壁に貼ってあるポスターを指差す。

ポスターには、『①お触り禁止　②撮影禁止　③ナンパ禁止』という文字がデカデカと記されている。

　イチャイチャが①に該当するのは言わずもがな。

　夏彦が冷や汗ダラダラなのは言わずもがな。

「ご、ごめん！　スキンシップは我慢するので、出禁だけは勘弁してください！」

「うんっ、分かればよろしい。今は夏兄だけのミィちゃんじゃないんだよ。今のミィちゃんは、お店にいるご主人様全てのミィちゃんなんだよ」

「肝に銘じます……」

「あとね、にーなにとっても、今の夏兄は大勢いるお兄ちゃんの１人なんだよ」

「え」

　ドサクサに紛れて何言ってんだコイツ？　と夏彦はチンプンカンプン。

　しかし、否応なしにも分かってしまう。

「にーなちゃ〜ん！　こっちのお兄ちゃんともニャンニャンして――――！」

「こっちにも妹のお恵みを！　にーなたそ！　オムライスにケチャップで愛のメッセージを！　お兄ちゃんには愛の囁きを！」

「にーなた〜ん！　アイスコーヒー糖度増し増し・ホイップクリームダクダク・美味しくな〜れの呪文を山盛りチョモランマでお願いしま〜〜〜す！」

menu

見渡す限り、お兄ちゃん・お兄ちゃん・お兄ちゃん。

「我こそがお兄ちゃん！」「俺こそ本物の兄！」「新おにぃに俺はなる！」などなど。偽の兄貴たちが、新那を求めてギャースカ騒いでいる。

「新那……。お前は妹キャラで仕事してるんだな……」

「そうなの。というわけで、ここにいる皆はにーなたちの兄妹です。夏兄も仲良くしないとダメだからね♪」

「俺も兄妹設定なの!? シンプルに嫌すぎる！」

「ごゆっくり～♪」

「に、逃げるなぁ！」

実の兄貴の叫びなどお構いなし。にへら～と、まったりスマイルを浮かべた新那は、他の兄の接客をすべく立ち去ってしまう。

夏彦としては乾いた笑いしか出ないものの、一部始終を見ていた未仔としては自然に笑みがこぼれる。

２人の微笑ましいやり取りが、本物の兄妹のやり取りだと分かっている。

「にーなちゃん凄いでしょ？ ウチのクラスで一番人気のあるメイドさんなんだよ？」

「マジか……。少子高齢化が進んでるっていうし、一人っ子が多いのかもなぁ」

「ふふっ。ナツ君は素直じゃないなぁ♪」

未仔に言われてしまえば、夏彦としてはムズ痒かったり照れ臭かったり。

もっと歓談を楽しみたいところだが、新那がそうであるように、今の未仔は皆の未仔。夏彦が独り占めするわけにはいかない。

「ごめんね。休憩まであと少しだから、お店でゆっくりしててくれる？」

「勿論だよ。しっかり見守ってるから、あと少し頑張って！」

夏彦からのエールを受け取れば、未仔も「頑張ります！」と胸前で両手を握り締める。

そんな健気なメイドさんを見ているだけで、夏彦としては5、6時間はゆっくりできる

とはいえ、未仔としては5、6時間どころか1分、1秒が待ち遠しいようだ。

無駄な自信がある。

「ナツ君、ナツ君」

「うん？　どうしたの？」

待ち遠しいからこそ、夏彦の耳元で囁く。

「今はお触り禁止だけど、この後のデートでは、いっぱいスキンシップしようね？」

「！！！？？？　み、未仔ちゃんっ……！」

実に未仔らしい甘えん坊なセリフ。

そして、ちょっとエッチっぽくも聞こえてしまう天然発言。

「〜〜〜っ！　い、いっぱいスキンシップさせてください！」

「えへへ。やったぁ♪」と天真爛漫スマイルの未仔を見てしまえば、これを肴にして飲まずにはいられない。

メニュー表を開いた夏彦が、力強く詠唱する。

「未仔ちゃん！　アイスコーヒー糖度増し増し・ホイップクリームダクダク・美味しくな〜れの呪文を山盛りチョモランマでお願いしまぁぁぁぁ〜〜〜す！」

血は繋がっていない。けれど、夏彦もまた、義理のお兄ちゃんたちとファミリー。

※　※　※

「ナツ君、お待たせ〜」

「あっ。未仔ちゃーん！」

さすがにメイド服で回るのは恥ずかしいようだ。制服姿の未仔が教室外で待っていた夏彦のもとへと駆け寄って来る。

夏彦としては制服ウェルカム。文化祭デートは制服で回る方が定番だと思うし、定番だからこそずっと憧れていた。

とはいえ、メイドさんとデートしたい願望もあるのは、思春期男子あるある。

「ナツ君にぎゅうううう〜〜〜♪」

未仔はずっと我慢していたのだろう。

人目を気にせず、夏彦へとダイビングハグ。

「えへへ。今は休憩中だから、お触りし放題です♪」

彼氏の頬や胸板に頬ずりしたり、「ナツ君の匂いだぁ〜♪」と鼻先を首元にスンスン押し付けてきたり。

『メイド喫茶に貼ってあったポスターって、お客さんに向けた禁止事項なのでは!?』と夏彦は疑問を抱くが、それは一瞬だけ。

「未仔ちゃんにぎゅうううう〜〜〜♪」

彼女に負けじと熱い抱擁返し。

約束を守るべく、出会って1秒でスキンシップ。

夏彦もまたずっと我慢していたのだ。目の前に最強に可愛いメイド姿の彼女がいるのにずっと触れずにお預け状態。てなわけで、「今イチャイチャしないでどうする」と未仔の温もりを感じずにはいられない。

折角の自由時間。いつまでも廊下でイチャイチャしているのは勿体ない。

「よーし！　文化祭デート、目一杯楽しんじゃおう！」

「うん♪　目一杯楽しんじゃお〜！」

士気を高めた2人は恋人握り、それだけでは物足りないと腕同士も絡ませ合う。

文化祭をエンジョイすべく、軽い足取りでナツミコが歩き始める。

夏彦たちがまず最初に向かったのはお化け屋敷。

さすがはPTA主催の出し物といったところか。東棟5Fを丸々使ったかなり大規模なものとなっていて、受付がある4Fの渡り廊下には未仔クラスのメイド喫茶に負けないくらいの列が出来上がっている。

大規模だったり、大盛況だったり。

しかし、所詮は高校のお化け屋敷。そんなに怖くはないだろう。

——と、中に入るまでの夏彦は高を括っていた。

「ねぇ、ナツ君……」

「う、うん……」

ナツミコ、萎縮しまくり。

それもそのはず。阿鼻叫喚の悲鳴が、耳を澄まさずとも聞こえてくるのだ。

「キャ――――！　もうマジ無理！　出して！　お願いだから外に出してぇ――――！」

「し、死ぬ～～！　というか、いっそ楽にしてくれぇぇぇ～～」

「いぎゃあああああ!?　なななな生首が千切れたぁぁぁぁ!?」

などなど。上の階からは、「え……？　お化けじゃなくて、殺人鬼います……？」というくらい多数の悲鳴がラインアップ。

悲鳴だけでなく、醜い争いまで生じている。

お化け屋敷から出てきたカップルが、ワースカギャースカと大喧嘩。

「ちょっと！　彼女置いて逃げるとか超ダサいんですけど!?」

「はぁぁぁん!?　仕方ねーだろ！　お前だと思ったら化け物だったんだから！」

「アタシと化け物間違えたの!?」

「人は誰しも間違いを犯す！　水に流せ！」

「開き直んな！　死んで詫びろぉぉぉ――――！」

彼女渾身の弾丸シュートが彼氏の股間へと突き刺さる。

「ごふっ……！」と小さなうめき声と同時に、彼氏は膝から崩れ落ちて一撃ＫＯ。

一部始終を見ていた夏彦や男性陣にとっては、恐怖映像以外の何物でもない。自分の股間を反射的に押さえつつ、ピクリとも動かなくなった物体へと黙禱を捧げる。

『この度はご愁傷様でした。色んな意味で……』と。

「は〜〜〜♪　オモロかった、オモロかった♪」

「こ、琥珀？」「琥珀さん⁉」

大満足げな琥珀がお化け屋敷から出てくる。

買い食いしながらお化け屋敷に入っていたようだ。食べ終えたリンゴ飴(あめ)の棒を口に咥(くわ)えながら歩く姿は、爪楊枝(つまようじ)を咥えながら定食屋から出てくる中年リーマンとそっくり。

「おっ、ナツミコやーん。2人もお化け屋敷入るんか」

「琥珀さんは怖くなかったんですか？」

「え、結構怖かったで？」

「怖かったという割には、ニコニコしてる気がするのですが……」

気がするのではない。間違いなく琥珀はニコニコしている。

「未仔ちゃん、コイツの感性はアテにしないほうが良いよ。深夜に1人でホラゲしながら爆笑したり、得体のしれないグルゲゲ様の頭をノータイムで叩くような奴(やつ)なんだから」

「いや〜♪　ナツ、照れるやーん♪」

「褒めてねーから！　異端児扱いされて喜ぶな！」

夏彦は改めて思う。コイツの感性はやっぱりアテにならないと。

◆◆◆

お化け屋敷のテーマは廃病棟。

町はずれにある市民病院は、『とある人物』が搬送されるまでは平穏な施設だった。

とある人物の名を伊村周太郎（いむらしゅうたろう）。

齢（よわい）32歳の周太郎は、連続殺人の犯罪者として指名手配されている男で、己の殺人欲求を満たすため、無差別に人を殺（あや）め続けるシリアルキラー。

そんな彼は天罰を食らったのか。逃走の最中（さなか）、車両に撥（は）ねられてしまう。

死刑は免れないであろう彼だが、法で裁くためにも今死なれるわけにはいかない。

しかし、あまりに惨（むご）たらしい殺人を犯してきた周太郎なだけに、多くの病院が彼の治療を引き受けずに門前払いし続けた。

町はずれの市民病院に運ばれたのは事故から3時間後。

出血、破損箇所が酷（ひど）く、周太郎は手術の最中に死亡してしまう。

多くの者たちが、「罰が当たった」「死は当然の報い」「法で裁かれる時間さえ惜しい」などと、彼がいなくなった世界に安堵（あんど）する。

——はずだった。

周太郎が息を引き取って以降、病院に不可解な現象が度々起こるようになる。

空室からナースコールの呼び出しがあったり、待合室にあるテーブルやソファの足がへし折られていたり、人為的に殺めたとしか考えられないようなカラスの死骸が吊るされていたり。

人に危害が加えられるようになるのに時間は掛からない。

医療従事者たちが謎の体調不良を訴えたり、幾人もの患者の容態が急変したり、手術中に機器トラブルが何度も発生したり。

病院なのだから人が亡くなるのは避けられない。とはいえ、明らかに死者の数が増えていく。

『伊村周太郎の呪い』と囁かれるようになるのは、あっという間だった。

偶然か必然か。

はたまた、周太郎は気付いてもらえて嬉しかったのか。

終わりを迎える事件が発生する。

精神を患っていた患者が、病院内で無差別大量殺人を引き起こしたのだ。

丑三つ時。ベッドで寝静まる患者、休憩室やナースステーションに待機する医療従事者など。すれ違う人々を片っ端から手に持つ包丁で切り裂いていく。

喉元を躊躇いなく搔っ捌くやり口は、周太郎の方法と非常に酷似している。殆どの人間が一太刀で即死するほどだった。

警官が駆け付けた頃には、全てが終わってしまう。

加害者は自らの手で命を落としていたのだ。

霊安室のベッドの上、多くの被害者と同じように自らの喉元へ包丁を突き立てて。

この事件を引き金に、病院は閉鎖することに。

何故、加害者は周太郎をなぞるように、未曾有の大量殺人を起こしたのか。

模倣犯？　やり口が似ていただけ？

それとも……？

死人に口なし。真実は闇の中。

人のいなくなった廃病棟。

今もなお新たな獲物を求め、人ではなくなった者が彷徨い続ける。

◆　◆　◆

というストーリーをもとに作られたのが、このお化け屋敷。

作り話といえど、

「どわぁぁぁぁ～～～！」「キャァァァァ～～～！」

怖いもんは怖いわけで。

ナツミコ、絶叫しまくり。あれだけ「文化祭を楽しもう」と意気込んでいたのが嘘のように、二人の表情には『楽しむ』よりも『生ぎたいっ!!!』という感情のほうがバッチリ反映されている。

仄暗い渡り廊下を歩けば、

「いぎゃあああ～～！　カラスの死骸ぃぃぃ～～～!?」

糸に吊るされたというか、糸に絡まった複数羽のカラス（ＰＴＡの奥様方によるハンドメイド）が夏彦の顔面に降り注いできたり。

『ナースコールのボタンを押せ』という指示のもとボタンを押してみれば、

「えいっ！　………………。あ、あれ？　ナツ君、何も起こらな――、ひっ……！」

不意打ちタイムラグ。ベッドの両足がボキッと折れれば、未仔の意識もクラッと落ちそうになったり。

『手術室』と記された教室。腹部を切開された状態の患者から、脱出用のカギを取り出そうとすれば、

「いぎゃあああ～～～！　放してくださぁぁぁぁぁい!!!」

昏睡状態だった患者がオハヨウゴザイマス。夏彦の腕や心臓を思いっきり掴んだり。

「し、死ぬ……」「死んじゃうよう……」

SAN値と引き換えにカギを入手した夏彦と未仔は、さっさとこんな忌々しい場所からオサラバしようと、身を寄せ合いつつ最後の廊下を直進していく。

「どうして今年のお化け屋敷は洒落にならないくらい怖いんだろ？　去年はそんなに怖くなかったんだけどなぁ」

「メイド喫茶のお客さんから聞いた話なんだけどね。PTA会長の弟さんが、ホラーゲームの脚本を担当している人らしくて、『今年は本気のお化け屋敷を作ろう！』って一致団結したんだとか」

「本気出し過ぎだろPTA……」

当社比0・8倍縮んでいる未仔は青ざめつつ、

「お化け屋敷が完成した次の日、制作に携わった半数以上のスタッフが体調不良を起こしたらしいです……」

「……えーっと。それって頑張りすぎたからだよね？　呪われて倒れちゃった、……わけじゃないよね？」

未仔も『そうじゃないとやってられません』といった様子で、首を縦にブンブン。

「わ、私も頑張りすぎたに一票ですっ！」

「だ、だよね──！　病は気からって言うし！」

「ですです！　ノツ君、お化けなんてないさだよ！」

「「あはははは♪」」

互いの両手を握り締めたナツミコが、キャッキャウフフと大はしゃぎ。

そんな現実逃避する姿は、非常に微笑ましい。

けれど、『アイツ』にとっては、非情に切り裂きたい。

「あぁあああぁぁあああぁぁ……」

「「え？」」

夏彦と未仔がピタリとはしゃぐのを止めて真顔になる。

ノイズのような呻き声のする方向へとゆっくり首を動かしていく。

真顔から一変。夏彦と未仔は目や口を大きく開いてしまう。両ひざが大爆笑してしまう。

1人の男がコチラへと近づいてきていた。

「あぁああぁぁぁあああぁぁ………！」

交通事故にでも遭ったのか。患者衣を着た男は右足を引きずっていたり、左肩や首をだらりと弛緩させていたり。

遮光カーテンから僅かに漏れた明かりが、男の手に握られた包丁を鈍色に輝かせる。

滴り落ちる液体が、赤色と分かった頃合いだった。

男が全速力で迫って来たのは。

「あぁぁあぁぁぁあぁぁぁ〜〜〜〜〜〜!!!」

「ギャアアア――――！　周太郎キタァァァ――――！」

「うわ〜〜ん！　ご本人様登場だよぉぉぉ〜〜〜〜〜〜！」

ついにラスボス降臨。

精神患者に憑依合体した周太郎が、二人を切り裂くべく猛接近してくる。

逃げるが勝ち。というか、逃げないと死ぬ。

「未仔ちゃんは死んでも守る！　けど、まだ死にたくない！」

グルゲゲ様の対処方法と同じく、夏彦は未仔をお姫様抱っこで回収して全力ダッシュ。

――するのだが。

「ひ〜〜〜ん！」

「みみ未仔ちゃん!?」

未仔、ガチ中のガチな化け物に大パニック。たわわなオッパイが夏彦の顔面にめり込むくらい激しく抱きついてしまう。

視界不明瞭、息は苦しい。にも拘わらず、怖いよりも幼児退行する彼女が可愛いと思ってしまうのがバカレシの性。

「うぅぅ〜〜〜！　しばらく1人でお風呂入れないよう！　シャンプーしてたら後ろから視線感じちゃうパターンだよう！」

「だ、大丈夫だよ未仔ちゃん！　どうしてもって場合は、俺と電話したまま入っちゃえば万事解決だから！　ちょっと恥ずかしいかもだけど！」

「イヤ！」

左右の三つ編みお下げがブンブン揺れれば、夏彦の頰にもペチペチとＨＩＴ。

激レアな光景だろう。彼氏に尽くしに尽くす未仔が、夏彦の意見を力強く否定するのだから。

『ド変態な提案をしてすいません』と謝罪しようとする夏彦に、未仔は涙目で訴える。

「もしもしじゃなくて、一緒に入ってよう！」

「ふぁあっ⁉」

まさかのまさか。通話以上のエチエチな提案に、夏彦は素っ頓狂な声を上げてしまう。

「いやいやいやー！　さすがに見えちゃうからダメだよ！」

「ダメじゃないよう！　ナツ君になら裸見られてもへっちゃらだもん！　お化けに襲われ

たくないもん！」

　夏彦は思う。

『混浴……？　お化けじゃなくて、俺が未仔ちゃんを襲ってしまうのでは……？』と。

　愛は地球を救う。エロは恐怖を凌駕（りょうが）する。

　そんなナツミコのやり取りを終始聞いていた周太郎は何を思うか。

「がぁぁぁぁ〜〜〜〜！　イチャイチャと青春してて羨ましいんじゃぁあ――――！」

　周太郎もとい、周太郎役の男、心からの雄叫（おたけ）び。

　ＰＴＡ会長の弟である彼は、独身のアラウンド40。

　絶賛、彼女＆嫁を募集中の彼が、甘酸っぱいイチャラブに耐え切れるわけがなく。

「早く出てけぇぇぇぇ――――！」

「「ごめんなさぁぁぁい!!!」」

　お化け屋敷。今日一番の叫びは、悲鳴ではなく怒号だったんだとか。

　ちなみに、お化け屋敷が完成した翌日にスタッフたちが体調不良になった理由は、牡蠣（かき）食べ放題の店で、ものの見事に牡蠣にあたったからである。

※　※　※

色んな意味で恐怖だったお化け屋敷を脱出し、2人は中庭のベンチでまったり寛ぐ。

「よーし。沢山買ったし、お昼にしよっか」

「うん♪」

焼きそばやフライドポテト、焼き鳥、チーズケーキ、プリンアラモードなどなど。

こんなに多くの食べ物を買うつもりはなかったのだが、「カップルにはおまけしちゃうよ～」「可愛いお嬢ちゃんには、もう1本どころか3本おまけ！」「よっ、憎いねバカップル！　通常メニューよりもっと甘くしてやんよ！」などと、同年代ながら出店のおっちゃんテイストに勧められれば、ついつい色んなものを買ってしまう。

祭りの活気づいた雰囲気も相まって、財布の紐が緩んでしまうのはあるあるだろう。

「ナツ君、あ～ん♪」

未仔は紙トレーに入った焼き鳥を一本取り出すと、そのまま夏彦の口元へ。

タレが零れないように、手を受け皿にして差し出してくるあたりが好ポイント。

彼女の愛情がたっぷり詰まったネギマへとかぶりつけば、

（圧倒的、幸福感……！）

文化祭クオリティ。モモ肉に焦げてる部分があったり、ネギが半解凍でシャリッとしてる部分があったり。

クレームを入れられても仕方ないのかもしれないが、今の夏彦にとっては関係無いこと。

「うんっ。すっこく美味しいよ！」

まさに、何を食べるかではなく誰と食べるか理論。

最愛の彼女とであれば、泥団子でも美味しく平らげる自信さえ無駄にある。

それは未仔も同じようだ。夏彦のあ〜ん返しでモグモグすれば、「ほんとだね〜、すっごく美味しいね〜♪」と大満足げにニッコリ。

集団で牡蠣にあたって、店にブチ切れたオッサンとは大違いである。

「ナツ君、さっきはゴメンね」

「？？？　さっき？」

「私、お化け屋敷のときに取り乱してたでしょ？　そのとき、ナツ君にとんでもないワガママ言っちゃったから……」

「あ〜」

未仔の照れ具合を見れば夏彦は察する。

『一緒にお風呂に入ってほしい』と駄々をこねたことに違いないと。

「そんなの全然気にしてないって。というかさ、普段全く手が掛からなくて逆に心配になるくらいなんだから、もっとワガママ言ってきてよ」

頼もしくも優しさ溢れる彼氏の言葉に、未仔の心はじんわりと温かくなる。

不安や恥ずかしさが安堵へと変わってしまえば、表情も緩んでいく。

「私、甘えん坊すぎて、ナツ君には毎日迷惑掛けてると思うけどなぁ」

「迷惑なんてとんでもない！　俺だって未仔ちゃんとのスキンシップ大好きなんだから、甘えん坊さん大歓迎だよ！」

「えー。そんなに甘やかしちゃうなら、本当に一緒にお風呂入ってもらうよ？」

「ええ⁉」

「あははっ。ナツ君、顔真っ赤♪」

からかい上手な未仔はクスクスと肩を揺らす。

「一緒に入ってくれるほうが私としては頼もしいんだけどね。けど、お父さんにバレちゃうと大変だから。主にナツ君が……」

「た、確かに……」

呑気に緑茶をすすっていた夏彦が絶句する。

脳内再生余裕。

夏彦と未仔が混浴しながらイチャイチャしていると、

「夏彦貴様ぁ……！」

「ひっ……！」「お、お父さん⁉」

勢いよく扉が開けば、ムッキムキのバッキバキ、筋肉で威嚇する未仔父現る。

『土下座するくらいなら握り潰されろ』と浴槽がトマト風呂になるかもしれないし、『どれどれ。俺が背中を洗ってやろう』とボディソープのたっぷりついた紙ヤスリで削られるのかもしれない。

どのパターンにせよバッドエンドは確定。

「あはは……。混浴は夢のまた夢だね……」

「でしょ？」と口にする未仔も苦笑いしてしまう。

「だからね。混浴は難しいけど、その……、電話には付き合ってもらってもいい？」

「!!!」

電話の件も消失したと思っていた夏彦なだけに、まさかのお誘いにビックリ。

「も、勿論(もちろん)！　お安い御用だよ！」

「えへへ。良かったぁ♪」

お化けに臆せず入浴できることを喜ぶ未仔だが、夏彦としても『入浴しながらの電話？

……それって、間接混浴できるってことですか⁉』と未仔知れずエキサイティングしてしまうのは思春期男子だから仕方がない。

「約束だよ？　電話するの忘れてたら、お化けの代わりに私がナツ君のこと呪っちゃうからね？」

「呪い？　えっと、俺はどんなことされるの？」

「ナツ君のベッドに忍び込んで、夜な夜な襲っちゃいます！」

「素敵な呪いすぎる……！　電話するかしないか、すごく悩む！」

「ど、どうして⁉」

恐怖心を煽るべく、両手をダラリと前に出した未仔が「私はお化けですよー！」と幽霊アピール。

必死にアピールすればするほど、

「夜だけじゃなく、24時間呪ってください！」

「もう！　お願いだから怖がってよ〜！」

「あはは っ！」

未仔、やけっぱち。夏彦の背中にのしかかって背後霊攻撃を仕掛けてみるものの、やはり夏彦としてはご褒美でしかない。

「冗談、冗談」と笑う夏彦は、詫び石代わりに詫びポテト。自分の肩に顎を載せる背後霊へとポテトを献上すれば、ちょっと寄り目になった未仔がそのままパクつく。

一生懸命、モグモグと口を動かすことしばらく。

「ちょっと、しょっぱいけど美味しいです♪」

塩を与えても成仏しないのだから、やはり幽霊ではなく天使なのだろう。

ド阿呆なことを考えつつ、未仔の笑顔で成仏しそうになる夏彦は化け物なのかもしれない。

昼食を食べ終えたナツミコは、次なる新天地を求めて作戦会議。

「さて、未仔ちゃん。今からどこ行こっか」

文化祭のパンフレットを開けば、蛍光色の紙面には様々な出し物が紹介されている。

本棟に戻り、ジェットコースターや謎解き、クイズ大会などで盛り上がるも良し。

体育館へ行って、チア部やブラスバンド部のパフォーマンスであったり、漫才やマジックなどのエンタメで大はしゃぎするも良し。

「さぁさぁ、何処にします？」という夏彦の視線を未仔は感じつつ、

「えっとね。ナツ君」

「うんうん！」

「ここに載ってない場所でもいい？」

※　※　※

未仔に案内されるがまま。夏彦が足を踏み入れたのは本棟西にある屋上。

しかし、そんじょそこらの屋上とは違う。

「こ、ここは……⁉」

夏彦が驚くのも頷ける。

カップルだらけなのだ。どこもかしこも。

夜の上野公園の如し。金網フェンスを背にクレープを食べさせ合うカップルがいたり、給水タンクに寄りかかりつつ手と手を握り合うカップルがいたり、敷地のド真ん中で意味分からんダンスしながらＴｉｋＴｏｋ撮影に勤しむカップルがいたり。

11月の寒空を感じさせないくらい、屋上がＨＯＴな空気に包まれている。

類は友を呼ぶといったところか。未仔が夏彦へとさらに密着しつつ、

「ここはね。文化祭のときだけ解放されるデートスポットらしいの」

「へ～、知らなかった。こんなカップルの聖地みたいな場所があったなんて」

「ビックリだよね。私も逆瀬先輩に貸してもらったノートで知ったから」

「マル秘デートブックにはそんなデート情報まで……」

夏彦は呆(あき)れると同時、「来年こそ彼女と文化祭デートを満喫してほしいなぁ」と心底願ってしまう。

来年の文化祭、彼女ができなかった逆瀬が女装して、塩谷と組んでカップルコンテストに参加したのはまた別の話。

どうでも良い情報はさておき。ナツミコはベンチへと腰掛ける。

ずっと昔の屋上は出入り自由だったのだろう。ウッド製のベンチはネジで固定されており、文化祭のために用意されたものではないようだ。

幾数の時を経て、景観も変わってしまったらしい。

「何も見えない！」「何も見えないね！」

2人の視線に突き刺さるのは高層マンション。その遠方には広大な山々が見えるのだが、『見せられないよ！』と言わんばかりにマンションがモザイクの役割を果たしている。

ムードもへったくれもない。

とはいえ、隣には大好きな恋人がいるわけで。

「「あははっ♪」」

目の前の景色など、平地だろうとモノクロだろうと構わない。

何を食べるかではなく誰と食べるか理論と同じ。何も見えないことが面白いし、仲良くハモったことも面白い。想い人が傍にいてくれるだけで、自然と笑みが零れるし世界が薔薇色になってしまう。

それは夏彦や未仔に限った話ではない。

「皆、すっごく幸せそうだよね」

夏彦の言葉に対し、未仔は全面同意だと大きく頷く。

外観ではなく内観を見渡してみる。さすれば、カップルたちの朗らかで温かい表情がどこもかしこもで見れてしまう。

本当に十人十色のカップルがいる。

ナツミコのようにイチャイチャするカップルもいれば、適度な距離間で笑い合うカップルもいたり。付き合いたてなのか、緊張しながら初々しく手を繋ぐカップルもいたり。

共通して言えるのは、ここに来ているカップルは誰もがパートナーのことを愛して止まないことだろう。

「たくさん甘えちゃおっと♪」

折角のカップルスポット。甘えにゃ損々と、未仔が夏彦の肩や腕へと頬っぺたがへしゃげるくらいピットリ寄り添う。

半年前の夏彦なら顔を真っ赤にして悶絶していただろうが、今では余裕たっぷり。

「甘えん坊にはイタズラしちゃうぞ～！」

「きゃ～～～♪」

彼女の身体を前後左右に揺らしてみたり、脇腹や首筋をツンツンしてみたり。

イタズラ大歓迎な未仔は、「もっとイタズラしてください」と言わんばかり。頬っぺたどころか、たゆゆんとしたボリューミーな胸がへしゃげるくらいムギュゥゥッ！　と夏彦へと抱き着いてハートのオーラを放出し続ける。

（あぁ……。とんでもなく幸せ……）（えへへ。幸せです♪）

他カップルの追随を許さないイチャイチャっぷりである。

ぶっちぎりのバカップルであろうと、夏彦と未仔にとってはこれがデフォルト。

デフォルトだからこそ、未仔は安堵の笑みをこぼしつつ、

「私、本当にバカだったなぁ」

「？？？　どうして？」

「こんなに大好きな人に大切にされてるのに、不安になって空回りしちゃったんだから」

彼女が何の話をしているのかは明白。先日の一件についてだろう。

『バカなんてとんでもない！』

そんな言葉が頭に思い浮かび、直(す)ぐ伝えようとした。

けれど、開きかけていた口を夏彦は閉ざしてしまう。

気付いてしまったのだ。未仔が全て分かってくれていることに。

何も伝える必要はない。隣にいる大好きな人は、愛嬌(あいきょう)たっぷりの笑顔でいてくれているのだから。

今は振り返るときではなく、前へ進むとき。

「カップルコンテスト、一緒に頑張ろうね」

「うん♪」

嬉々(きき)とした未仔が軽快に頷けば、そのままゆっくりと目を瞑(つぶ)る。

気持ちが昂(たかぶ)ってしまったからか。いくらカップルスポットとはいえ、公衆の面前だということを彼女はすっかり忘れてしまっているようだ。

忘れているのは彼氏も同じなのだが。

求められた夏彦は、周囲を気にせずに未仔を手繰り寄せてそのままキスする。

恥じらう時間も勿体(もったい)ない、もっともっと触れていたいと何度も何度も。

他のカップルのスキンシップが生易しく見えるくらいの熱量。ナツミコに目を奪われるカップルたちが逆に恥ずかしくなってしまうレベル。

繰り返す。

他カップルの追随を許さないイチャイチャっぷりである。

4章：優勝するため、彼女に想いを告げるため

文化祭デートを骨の髄までエンジョイし尽くした夏彦と未仔は、それぞれの持ち場に戻って仕事に励み続けた。

ステージで破天荒に動きまくるヒロインにスポットライトを当てたり、メイド服に身を包んでご主人様に一生懸命ニャンニャンしたり。

直立不動で棒読みする主人公に「お願いします。あと1割でいいのでヤル気出してください」と頭を下げたり、連絡先を聞いてくるご主人様に「ごめんなさいっ。私には大切な人がいるので」と真のご主人様がいることを打ち明けたり。

そんなこんなで後半戦の仕事も終え、2人は再び集合する。

もう一度デートするため。——ではない。

文化祭のクライマックスにて目玉イベント。そして、夏彦と未仔にとっても最も注力する大一番イベント。

それすなわち、カップルコンテスト。

我が校一のカップルを目指すべく、自分たちの愛の形を証明すべく、カップルコンテストに参加するためである。

（き、緊張してきた……！）

体育館裏。実行委員にいつ呼び出されても不思議ではない状況下で、夏彦の心臓はバックバクのドックドク。

周囲は当然、出番待ちのカップルだらけ。

カップルたちは多種多様で、エンジョイ勢のカップルは「『ピ～ス☆』」と今が青春と言わんばかりに肩を組みつつ記念撮影。ガチ勢のカップルは「絶対優勝して豪華賞品GETだかんね？」「おうよ！　カップル王に俺たちはなる！」とドンッ！的な音が聞こえてきそうなくらい欲望にバカ正直。只のバカップルは、「や～ん！　女の子のレベルたか～い！」「大丈夫。お前が一番ヒロインだZE？」などとクソ寒いことをホザく。

「ウチの彼ピのがイケメンに決まってんじゃ～～ん！　アンタの彼ピ、塩顔すぎて塩分過多なんですけど～～～！」

「はぁぁ～～⁉　アタシの彼ピのがマジイケメンなんですけど⁉　アンタの彼ピ、顔濃すぎんのよ！　土手煮込み顔じゃん！」

「時間押してまぁぁす！　何顔でもいいので次のカップルは入ってくださぁぁい！」

どっちの彼ピッピがイケメンかをピーチクパーチク喚く乱世乱世な女子たちもいれば、こめかみに極太の血管を浮き立たせて次のカップルを裏口へ押し込む実行委員もいたり。

動物園より動物園してそうなくらいのガヤガヤっぷり。

「ナツ君、緊張してる？」

隣にいる未仔に心配げに問われれば、雰囲気に呑まれている夏彦は苦く笑う。

「あはは……。お恥ずかしながら、こういう大舞台の経験がないもので……」

「私も全然だよ。小学生の頃、ピアノのコンクールで演奏したくらいだもん」

「未仔ちゃんが小さい頃の晴れ姿……。と、当時の映像データはありますか!?」

「あると思うよ？　けど、恥ずかしいので見せませ～ん♪」と茶目っ気たっぷりに腕で×マークを作る未仔はヒーリング効果絶大。

癒しによって余裕が生まれたからだろうか。

（あれ……？）

気付いてしまう。未仔の交差させる細い腕、小さな手指が小刻みに震えていることに。

むしろ自分よりも震えている気がした。

夏彦はようやく思い出す。未仔は人一倍甘えん坊であり、人一倍恥ずかしがり屋さんであることを。

自分を安心させようとカラ元気でおどけてくれる。にも拘わらず、我が身を顧みずに自分の心配をしてくれている。

そんな健気で恋人想いな彼女を見てしまえば、彼氏としてやるべきことはただ一つ。

「すごく緊張してるんだけどさ。すごく楽しみでもあるんだ」

「楽しみ？」

「うん。だって」

忙しない鼓動は変わらない。けれど、目一杯の笑顔で夏彦は言うのだ。

「今の俺たちが、どれだけ理想のカップルに近づけてるか知るには持ってこいのイベントだからさ」

「ナツ君……」

未仔の大きな双眸が見開く。

嬉しくて堪らなかった。俺ではなく、俺『たち』と言ってくれたことが。

ついこの間までの夏彦ならば、未仔をカウントしなかっただろう。

本音と本音を重ね合った結果、自分だけの問題ではないことに気付いてくれた。共に研鑽していくことこそが最適解だと導き出してくれた。

未仔もまた、癒しによって余裕が生まれたようだ。

夏彦に温めてもらわずにはいられないと、未仔が抱き着いてくる。

「えへへ。勇気づけるつもりが、勇気づけられちゃった♪」

もはや恒例行事。

「「ぎゅ〜〜〜♪」」

非常にエネルギー効率高し。互いの幸せオーラを吸収し合い、無限にイチャイチャイチャイチャ。

永久機関を完成させた2人に、周囲のカップルも騒然。「あれが、優勝候補筆頭のナツミコ……！」「人前でAも恥ずかしいのに、BやCまでも⁉」「勝てるのか、このバカップルに……？」などなど。

「次のバカップル！　イチャイチャしてないで、さっさと入場しやがってくださぁぁ〜〜〜い！」

「「は、はいっ！」」

極めつけは、非リア充な実行委員のシャウト。

すっかり緊張は薄れたものの、羞恥心がこみ上げてくるナツミコである。

大慌てでステージ裏へと入れば、空気が如実に変わる。

体育館裏から微かに漏れていたＢＧＭや歓声が、今ではハッキリと聞こえてくる。

演劇で使用していた場所にも拘わらず、うっすら明かりが漏れるステージ裏がまるで別空間のように夏彦は思えた。

そう思えてしまうのは何故だろうか。

単純な話だ。先ほどまではサポーターとして影役に徹していた。

だが今回は違う。メインの1人としてステージに立つ。

縁の下、陰に咲き続けていた自分が陽光に照らされる。

(——じゃなくて、もう照らされてるんだよな)

隣を見れば、未仔という太陽が寄り添ってくれている。

手を握れば、人懐っこい笑顔を向けてくれる。

「続いてのカップルはどうぞ〜〜〜！」

MCらしき女子生徒の声が聞こえてくれば、

「行こう、未仔ちゃん！」

「うん！」

『機は熟した。恐れることなど何もない』と、力強い足取りで2人は歩き出す。

「エントリーナンバー18！　傘井&神崎カップルの登場で〜〜す！」

薄暗い空間から、眩いスポットライトの当たるステージ中央へ。

さすがはメインイベント。体育館は満員御礼で、「ワァァァァァ〜〜〜！」と割れんばかりの歓声や拍手が夏彦と未仔を迎える。

最前列には応援団も来ているようだ。

「ミィちゃ〜ん、皆で応援しに来たよ〜〜〜♪」

「未仔ちゃんと夏彦くん頑張れ〜♪　や〜〜ん！　照れちゃって可愛いなぁ♪」

「ナツ――っ！　こういうのは始めが肝心や！　キスや！　キスしたったらええねん！」

妹や先輩、プロレスか何かと勘違いしている悪友など。草次も応援に来てくれているようで、『まぁ頑張れよ』といった眼差しで肩ひじついている。

ちなみに、草次と奏もコンテストに出場することは可能だったものの、「絶対ヤダ。出場するくらいなら死んだほうがマシ」と草次が突っぱねたのはお察しの通り。

ＭＣこと放送部、女部長の前口上がすごい。

「通称ナツミコ！　幼少時代からの仲である2人は、高校で劇的な再会を果たしますっ！　そして……、5年以上の歳月を経てカップルの関係に！　いいですね〜♪　会えない時間が2人の恋を育みます！　空白の期間を一括リボ払いするかのような濃密なイチャイチャに定評があるカップルとなっておりま〜〜〜す！」

「「あはは……」」

尾びれ背びれところか、サイドアームやらファンネルが装着されてる気がする夏彦と未仔なものの、否定できない箇所も多い。オーディエンスの歓声や囃し立てる声にモジモジと照れ笑いを浮かべることしかできない。

追い討ちというか闇討ち。

「ななななんと！　この2人を前に、直前で棄権したカップルが続出〜〜〜！」

「「え？」」

「カップルの聖地、学校の屋上にて他の追随を許さないイチャイチャを披露！　それを目の当たりにした恋人たちは、『このカップルたちに勝てるわけがない』『自分たちがカップルなのか自信がなくなった』『負けじと彼女を抱きしめたらビンタされた』などと言い残しコンテストを去ってしまいましたぁぁ！」

「俺たちのスキンシップが見られてたなんて知らなかった……！」

「う、うん……。〜〜〜〜っ！　恥ずかしいよう！」

衝撃の事実に観客が高らかに盛り上がり、初めて知らされる事実に夏彦と未仔の顔が真っ赤に燃える。

どうしようもないくらい照れる2人に、

「先制パンチところか、前もって参加者を蹴落とすとか！　ナツミコよぉやった！　よっ！　バカップルの極み！」

琥珀の野次なのかエールなのか分からない声はよく通る。

夏彦と未仔の成果(?)で参加者が減ったといえ、まだまだ絞る必要がある。

踏み絵的な。生半可や冷やかしペアを取り除くためのカップルゲームがスタート。

「1つめのゲームは、ホイップクリームでLOVEチュッチュ～～！」

「ルールは至ってシンプル！　ホイップクリームが塗られた彼氏に、彼女が手を使わずに口だけで美味しくいただけたらクリアとなりまーす！」

ゲーム要素を高めるためにクリームを塗る箇所はサイコロで決められ、手の甲・おでこ・唇・ほっぺ・鼻・首筋の全6種類。

軽いものから公開処刑な爆弾まで。カップルとしては恥ずかしいことこの上なく、観客の非リア充は血涙待ったなしな誰得案件。

甘ったるいカップルゲームというより、闇のゲームなのかもしれない。

「何が出るかな♪　何が出るかな♪　出た目は首筋！　思い切ってど～ぞ～！」

「お、俺たちプラトニックな関係なんだぞ!?」「ファーストキスが人前で首筋とかイヤァァァ～～！」

生半可や冷やかしカップルだけでなく、

「はいはーい！　ほっぺにチュッとお願いしまーす♪」

「さぁ久美子！　オレのほっぺに——、」「棄権します！」

並のカップルや優勝候補のカップルさえ、

「お〜〜っと！　おめでとうございます、大当たりです！　唇が出ました〜〜〜！」

「できるかぁ！」「できるわけないでしょ！」

バッサバッサと闇へ飲み込まれていく。

カップルコンテストは、別にバカップルを決めるイベントではない。愛の形など人それぞれなわけで、公衆の面前でキスができなくても仲睦まじいカップルだって当然沢山いる。

とはいえ、お祭り事なイベントなだけに「できません」では筋が通らない。

ましてや、非リア充の前では話が通じない。

「へいへい彼氏！　俺たちが代わりにキッスしてやろうか⁉」

「手の甲にもキスできないとか！　本当にカップルなんですかぁ〜？」

「フハハハハ！　仲が悪いなら別れちまえ！　独りは楽しいぞぉぉぉ！」

この日のために用意したのだろうか。非リア充な哀れな男たちが、２Ｌペットボトルをスティックバルーン代わりにドンドコドンドコ。

「こちらのカップルはキス成功！　ゲームクリアでーす♪」

成功したカップルがいれば、

「ざっけんなぁ！　お前らの母ちゃんと父ちゃんは泣いてんぞ！」

「ホイップクリームの代わりにデスソース使うべ⁉」

「サイコロの出目に眼球追加しろやぁぁぁ――――！」

モテない理由がハッキリ分かる愚かな野郎たちである。

「続いてのカップルは、傘井&神崎ペア～～～！」

いよいよ、夏彦と未仔の番。

所詮は傾向と対策。逆瀬(さかせ)に貸してもらったマル秘ブックには、ホイップクリームでLOVEチュッチュするような内容のゲームは書かれてはいなかった。

ちょっとひねくれたカップルであれば、逆瀬に対し、「詐欺っぱちだ。そんなんだから彼女ができない」「意味不明なノートを作る時間があるならナンパの1つでも2つでもしてこい」「非リア充軍団に交じって野次を飛ばすんじゃねえ」とボロカス言うのだろう。

夏彦と未仔はどうだろうか。

「ささっ！　彼女さんはサイコロを振ってくださ～い！」

「はいですっ！」

ヤル気たっぷりの未仔が、小さな手で大きなサイコロをリリース。

ステージ上をコロコロと転がるサイコロの出目は、

「はいはーい！　出た目は、おでこ〜〜〜♪」

実行委員が夏彦の前にやって来ると、手早く夏彦の額へとホイップクリームをセッティング。あっという間に夏彦の額には白い角ができあがり。

「それでは傘井&夏彦ペア！　挑戦お願いしま——、」

ＭＣのお姉さんが宣言する途中だった。何なら、夏彦が腰をかがめる途中だった。

未仔が彼氏の肩へと手を置いて目一杯背伸びする。

そのまま、額についたクリームをチュ、と頰張る。

小さな口では一口で食べれないようだ。もう１つおまけにチュ。

「み、未仔ちゃん……！」

「えへへ……。クリームがまだ残ってたので♪」

コールより早く食べるのは反則？　二口食べるのは反則？

なわけがない。

「「「うおおおお〜〜〜〜!!!」」」

電光石火なゲームクリアに男性陣が拍手喝采雨あられ。

「「「キャ～～～～～～～～♪」」」

健気な即興アドリブに女性陣が黄色い声援を上げるわ上げるわ。

非リア充連合でさえ、

「お前らの母ちゃんと父ちゃんは泣いてんぞ！　うわぁぁぁ～～ん！　あと俺もなぁ！」

「チッキッショ～～～～！　くっっっそ羨ましいんじゃ～～～～！」

「教師歴15年……。早く結婚したい……。というか、彼女欲しい……」

糖度たっぷりな光景に、野次ることを忘れて目頭を押さえたり、膝から崩れ落ちたり。

「おめでとうございまーす！　傘井&夏彦ペア、1つめのゲームクリアでーす♪」

「「いえーい♪」」

MCお姉さんが高らかに宣言すれば、夏彦と未仔はハイタッチで喜びを分かち合う。

コンテスト開始前までの緊張や不安が嘘のよう。今では楽しむ余裕たっぷりで、なんなら二人だけの世界にどっぷり浸かっている感さえある。

ランナーズハイもとい、カップルズハイといったところか。

「はいはーい！　続いてのゲームは以心伝心クイズ～～～！」

2つめの課題は毎年確定で出題されることもあり、逆瀬のマル秘ブックが今回はしっかり的中する。

予想どおりだからこそ、夏彦と未仔がこれといった傾向と対策を敢えて練らなかったのはお察しのとおり。

いかに恋人と相思相愛かを調べるゲーム。あらかじめ打ち合わせしちゃダメなんてルールはないし、優勝を目指しているのなら、ある程度の問いや答えを準備するに越したことはないのだろう。

けれど、優勝『だけ』が欲しいわけではない。

しっかりとした過程があるからこそ、正々堂々戦うからこそ、優勝という言葉に重みが生まれるのだ。

「第1問！　『無人島に持っていくとすれば何？』　さぁ皆さん！　ご回答よろしくお願いしまーす♪」

シンキングタイムを終えたカップルたちが、順々にホワイトボードに書いた答えをいっせーので発表していく。

あるあるな問題だからこそ、意見が分かれる問題でもあるだろう。

1組目の彼氏がサバイバル用マルチツール、彼女がスマホと書けば、

「マルチツールって何⁉　合わせる気あんの⁉」

「お前こそ生きる気あんのかよ！　このスマホ依存症が！」

2組目の彼氏が化粧ポーチ（特にマスカラ）、彼女が食料と書けば、

「何で化粧ポーチじゃないんだよ！　お前化粧好きじゃん！」

「好きにも限度ってもんがあるでしょ！　てか、カッコで予防線張るな……！」

3組目の彼氏が水、彼女が飲み水と書けば。

「さすがミサっち～♪　俺らの相性完璧じゃね⁉」

「だよね～☆　ウチとタッくんって、マジ運命共同体～～～☆」

ブッ飛んだアイテムを無人島へ持ち込もうとしなければ、マジ運命共同体になれるカップルもチラホラ。定番アイテムがスマホ・飲食料・ナイフくらいなだけに、割かし簡単に運命共同体になれてしまう。

「正解のカップルには10ポイントを差し上げまーす♪　さぁさぁ！　続いてのカップル、傘井＆神崎ペアは回答お願いします！」

夏彦と未仔の運命や如何（いか）に。

「未仔ちゃん！」

「はいですっ！」

顔を見合わせた2人が、「『いっせーの……』」で答えを同時にオープン。

夏彦アンサー『恋人（未仔ちゃん）』
未仔アンサー『恋人（ナツ君）』

「お〜〜〜っと！　お互いの好きなモノどころか、お互いの好きな人を持っていくぅ！　これはとんでもない強欲バカップルもいたもんだぁぁ〜〜〜！」

ブッ飛んだアイテムで正解を獲れないと思ったら大間違い。100点満点のテストでそれ以上のスコアを叩き出せば、会場は盛り上がるわ、正解したはずのカップルたちが回答を思わず隠すわ。

真の運命共同体。というより、究極のバカップルアンサー。

「傘井&神崎ペア、大・大・大せいか〜〜〜い！　私の独断と偏見で30ポイントをプレゼントしちゃいまーす！」

MCのはずのお姉さんは、今ばかりはマスコミ関係者。ナツミコへとマイクを差し出し、

「彼氏さん！　恋人という答えを書いた理由はズバリ？」

「あはは……。書くのがちょっと恥ずかしかったんですけど、この答えしかないなって」

「彼女さんも直感で書いた感じですかね!?」

「ですっ。——あ、あとですね？　ナツ君も同じ答えを書いてくれたら、これ以上に嬉し

い言葉はないと思ったので……」

言葉に嘘偽りはない。未仔が照れながらも、「えへへ♪」と朗らかエンジェルスマイルを披露すれば、MCお姉さんも胸キュン待ったなし。

観客どころか照明係のハートもがっちり摑んでいる。スポットライトが燦々と未仔を照らすのだが、愛くるしい笑顔の前では照らしているのか照らされているのか分からなくなるレベルである。

未仔としては恥ずかしいことかもしれないが、夏彦としては誇らしい。

しかしながら、彼女を皆のヒロインに押し上げたり、推させることが目的ではない。

彼女とのコンテストを目一杯楽しむ。これに尽きる。

「はいはーい！　じゃんじゃん、以心伝心クイズいっちゃいますよ〜〜！」

その後も、怒涛の相思相愛ぶりを披露。

『2人のベストプレイスは？』と出題されれば、

夏彦アンサー『くじら公園』

未仔アンサー『くじら公園』

くじら公園。幼少期の二人がよく遊んだ場所であり、未仔が夏彦を異性として意識するようになった場所。大切な思い出が多い故、今も尚、デートスポットとしてよく使う。

『2人のマイブームは？』と出題されれば、
夏彦アンサー『眠くなるまで一緒にゲームすること』
未仔アンサー『夜に通話しながらゲームすること』
大好きな人の趣味に合わせたい一心で、未仔はゲーム実況を観たり一緒にプレイするように。今ではライバルというかラスボスである琥珀に毎回勝負を挑み、2人仲良くボコられ続けている。
『今年の夏休み、一番の思い出は？』
夏彦アンサー『グループ旅行したこと』
未仔アンサー『みんなでお泊り旅行に行ったこと』
目前に海が広がるゲストハウスへと出向き、仲良しメンバーで最高の思い出を作った。海水浴は勿論、彼女を懸けて聖杯戦争を繰り広げたり、グルゲゲ様なる化け物に洗われそうになったり。濃密な2泊3日は一生忘れることはない。
「せいかい！　せいかい！　だいせいか〜〜〜〜い！　傘井&神崎ペア、破竹の勢い！　留まることを知らず〜〜〜！」
点数を重ねることが嬉しい。それ以上に、自分たちの過去を辿る行為が楽しい。
あんなことがあった、こんなことがあった。些細な出来事から大きな出来事まで。1つ

1つの懐かしさがポカポカと心を温め、目を瞑らずとも当時の感情や環境を思い出せる。

一緒にいた恋人の表情は、いとも容易く思い出せる。

以心伝心クイズをしているからだろうか。嬉々とした表情で見つめ合えば、口に出さなくともお互いが何を言いたいのか分かる。

沢山の思い出をこれからも作っていこうね、と。

「以心伝心クイズ、最後の問題！　『告白した、告白されたときのセリフは？』　さぁ皆さん！　バシッと書いちゃってくださ〜〜い♪」

「「え」」

夏彦と未仔の脳裏に、当時の記憶が一瞬で思い浮かぶ。

暮れなずむ夕暮れ時。非リア充だった夏彦が高台にて、「おっぱい揉みた――――〜〜〜い!!!」と叫ぶ。

それを聞いていた未仔が勇気を振り絞り言うのだ。

「ずっと大好きでした！　おっぱい揉んでいいので、私と付き合ってください！」

嬉々とした表情一変、赤らめた表情で2人が見つめ合う。

繰り返す。口に出さなくともお互いが何を言いたいのか分かる。

「傘井&神崎ペア！　答えをどうぞ!!!」

「「いっせ〜の……」」

夏彦と未仔が答えをオープン。

夏彦アンサー『秘密！』

未仔アンサー『秘密！』

「セリフは答えておらず！　けど、一言一句同じなので正解にしちゃいまーす♪　コングラチュレーション！　傘井&神崎ペア、ダントツ1位通過ぁぁぁ〜〜〜！」

「あはは……」「えへへ……」

非リア充の前では、おっぱい揉んでいい発言は刺激が強すぎる。何よりも未仔が恥ずかしさで蒸発してしまう可能性大なわけで。

草次は苦笑いを浮かべ、奏はクスクスと笑う。

「そりゃ、こんなところで暴露できるわけねーよなぁ」

「できない、できない♪　けど、答えないで正解しちゃうとか、さすが未仔ちゃんと夏彦君だよね〜！」

夏祭りのときに聞かされた2人が、思い出すだけで顔が赤くなるくらいである。

以心伝心クイズが終われば、いよいよ最終課題へ突入する。

と、その前に。

「厳しくも甘ったるい試練を乗り越えてきたファイナリストたちの紹介だぁぁぁ！」

ＭＣお姉さんが手を広げる先には、決勝に残った猛者(カップル)たち。

3連覇に王手をかける東堂(とうどう)&西城(さいじょう)カップル、ネズミーランドチックに仲良しこよしでペアコーデを決めるカップル、ノリと勢いで急遽(きゅうきょ)参加してトントン拍子にファイナルまで残ったカップル。

優勝候補の半数が、お化け屋敷で大喧嘩(おおげんか)して破局したり、ホイップクリープを美味しくいただけずにリタイアしたものの、クセの強いカップルたちが残ったといえよう。

どのカップルたちも最後の試練をクリアして、学園一のカップルを目指すべく闘志を燃やし続けている。

——ということはない。

ぶっちゃけ、優勝はもう諦めている。

それくらい圧倒的なのだ。

夏彦と未仔が。

「最後のファイナリストは、何もかもがブッチギリの限界突破ぁ！　傘井&神崎ペアだぁぁぁ～～～！」

（（は、恥ずかしい……！））

ナツミコが軽く会釈すれば、「「「「ワァァァァァ～～～!!!」」」」と一際大きな歓声と拍手が沸き起こる。

『火を見るより明らか』という言葉が生温く感じるくらい明らか。

ホイップクリームのゲームでは、ただクリアするだけでなく圧倒的なパフォーマンスを知らしめた。以心伝心クイズでは、どの志望校もS判定間違いなしなほどの正答率を叩き出した。泣く子は黙るし、非リア充はギャン泣きするくらいのアツアツっぷりは、もはや王者の風格さえ漂っている。

悔しい、負けてなんかいられない。自分たちこそベストカップルに相応しい。そんな競争心さえ潰えてしまう、コイツらと競うなんて無謀すぎると思えてしまう。

それがナツミコクオリティ。

「カップルの皆さん！　泣いても笑ってもこれが最後の課題で～～す！」

ＭＣお姉さんがマイクごと拳を握り締めれば、誰もが耳を傾ける。

「最後の課題はズバリ！　彼女への気持ちを思いっきり叫んじゃってくださ〜〜い！」

「か、彼女への気持ち？」「彼女への気持ち、ですか？」

「そうです！　叫ぶ内容は何だってOK！　愛の告白も良し！　隠し事をカミングアウトするも良し！　温めていたオリジナルラブソングを歌っても良し！　いかに彼女の心に響くか、私たち観客の心をガッチリ摑むかが判定基準となっております！」

まさにシンプルイズベスト。

優勝カップルを決める最後の課題だ。下手なゲームや課題で勝負するよりも、ずっと後腐れなく勝負できる内容ではなかろうか。

「心の準備ができた彼氏さんから、じゃんじゃんいっちゃいましょ〜〜〜!!!」

ファイナリストの彼氏たちは思う。

『いやいやいや。こんなん罰ゲームですやん……』と。

青春と書いてアオハル待ったなし。ケツの青いガキたちですら赤面不可避。文化祭の高揚感で乗り切るにもハードル高すぎ案件。

ホイップクリームでチュッチュしたのは彼女であり彼氏はされた側。何なら精神面ではキスよりもシャウトするほうが酷なまである。

何よりも男たちは分かっている。ドラえもんやクレしんの声真似（まね）が可愛（かわい）いとチヤホヤされるのは女子だけであり、野郎には需要と供給が成り立たないことを。

中途半端な惚気(のろけ)は、観客席にはびこる非リア充(クリーチャー)の火に油を注ぐだけ。

しかし何よりも、

（（傘井夏彦(コイツ)よりも後に、絶対告白したくねぇ……!!!））

「え!?　な、なに!?」

いきなり鋭い視線で睨(にら)まれて、夏彦がしどろもどろ。

じっとり睨まれて当たり前。今の今までダントツでクリアしてきた夏彦の後に告白など、千里眼がなくとも自殺行為なことくらい分かりきっている。M−1グランプリにて、ブッチギリな高得点の後に漫才するのがやりづらい道理と同じ。

善は急げ、公開処刑されたくなくば駆け巡れ。

「エントリーナンバー5！　笹下翔太郎(ささしたしょうたろう)いっっっきま〜〜〜す！」

竹槍(たけやり)で無敵艦隊に突っ込む兵士の如(ごと)し。「カナミィィィ！　愛してるぞぉぉぉぉ〜〜〜〜！」という叫びが体育館中に響き渡る。さすがは野球部主将、ホームベースからライトスタンドまで届くくらいに耳がキーンとするド声量。

彼は死に急いだのかもしれない。けどだ。誰だって凄惨な死を迎えるくらいなら、一瞬で灰になりたい。火車になったダンプカーに突っ込まれるくらいなら、劇毒成分たっぷりのドリンクでポックリ逝きたい。

男って本当にバカ。

「エントリーナンバー25！　山ノ森レオンいっっっきま～～～～す！」

お前だけ成仏はさせねえ。「みさっち大好きだぁ————！　けど、モーニングコールはもう少し遅めでお願いしまぁぁぁ～～～す！」とドサクサに紛れてクレームをシャウト。

ただで散らず、彼女に改善点を要求して散るあたり、ちゃっかりした男である。

「お～～～と！　勝負を諦めた彼氏たちが、早々に身投げするようにステージの中心で愛を叫んでくぅ！　これは潔いのかセコいのかぁぁぁ⁉」

ＭＣお姉さんが煽れば、非リア充たちが烈火の如く、「バカデカい声で惚気るんじゃねー！」「負けるからって適当に叫ぶんじゃねえ！」「男なら戦って死ねえ！」「シンプルに死ねえ！」などと中指を立てたり、親指を下に突き付けたり。育ちが悪い。

決勝に残れなかった彼氏軍団は分かりみが深すぎるようで、「よく頑張った！　よく勇気を振り絞った！」「ナンバー1なんて決めなくても良い！」「もともと特別なオンリーワン！」「ようこそコチラ側の世界へ！」などとアットホーム感がすごい。

シャウトを決めた男たちの彼女としても少々おざなりではあるが、『まぁ仕方ない。及第点を与えてやろう』とパチパチ拍手したり彼氏を慰めてあげたり。彼女たちも分かっているのだ。もうすぐ放たれるであろう激甘バカップル砲の威力に。

しかし、鬼嫁もいるわけで。

鬼嫁の名を西城琴音。

コンテスト3連覇を掛け、東堂光一と一緒に参加した優勝最有力候補の女子である。

ぶっちゃけ、琴音としては3連覇なんてどうでもいい。

毎年優勝しているものの、1年時は「思い出作りにコンテスト出よーぜ！」と光一が勝手にエントリーしただけだし、2年時は「前年度覇者として今年も参加しようぜ！」と光一が当たり前にエントリーしただけだし、3年時の今年は「こうなりゃ3連覇目指すっしょー！」と光一が有無を言わさずエントリーしただけ。

結論。全部彼氏に振り回されている。

振り回されているといえど。ちょっとワガママで後先考えず我が道を行こうとする彼氏のことを琴音は好いている。

好いているといえど。我が道を引き返そうとする彼氏を許すかどうかは別なわけで。

「エントリーナンバー1！　東堂光一いっっっきま〜〜〜〜す！」

星になった仲間2人を追いかけるべく、光一が今まさに清水の舞台をフライアウェイ。

——した瞬間だった。

「琴音〜〜〜〜！　お前のこ――――、」

（光一？　アンタ、適当ニ叫ボウトシテナイヨネ？）

「……。おおう……」

光一、彼女に殺意たっぷりに睨まれて身投げ失敗。

そりゃそうだ。散々振り回したのだから、化け物カップルが出てこようとも落とし前はきっちり付けるべき。そもそも、光一の頬についたホイップクリームを羞恥覚悟で美味しくいただいた琴音が報われない。

『私がキュンとするような叫びをしろ。ハヨ』という琴音からのアイコンタクトをバッチリ受信すれば、光一はフッ……と儚げに微笑む。

退路を断たれ、仲間の待つ天国には行けない。愛する彼女が地獄に落ちろと言っている。

だとすれば答えは1つ。

「不肖、東堂光一ぃ！　愛する琴音のために、ラブソングを歌わせていただきまぁぁぁぁ〜〜〜〜す！」

彼女の命令は絶対。何故なら彼女を愛しているから。

敬礼を終えた光一がポケットからスマホを取り出すと、その流れでミュージックフォルダをタップ。

彼の十八番ソング、オフィシャルで髭がダンディズムな音楽が流れれば、

「猫かドッグかで死ぬまで喧嘩しよ〜〜〜！」

ジャイ子の兄ちゃんもビックリ。光一リサイタルがおっぱじまる。

一言で言えば、色んな意味で地獄だった。

大勢の観客の前で歌うだけでも恥ずかしさMAXなのに、歌詞の『君』というワードを全て『琴音』に変えて熱唱。本物アーティストが武道館で歌えば大盛り上がり間違いなしのはずが、「俺のために、琴音のために愛を誓おう〜〜〜♪」と光一が歌えば、「葬式ですか？」と返したくなる。それくらいステージ上の悲しきピエロを見つめる観客たちの顔は死んでいた。共感性羞恥も半端ないようで、天国に旅立った彼氏たちの羽がもげて地獄に落っこちてくるインパクト。喜んでいるのはドSな彼女くらいだ。

MCお姉さんもサディスティック。光一が歌い切れば、

「まさかのまさか！　東堂君、絶対誰もやらないと思っていた替え歌ラブソングを披露〜〜！　これは恥ずかしい！　痛い！　黒歴史！　吉野家もビックリの3連コンボだぁぁあ――――！」

「うるせわぁぁぁぁ〜〜〜ん！」

うるせーと泣き声をハイブリットさせた前年度王者は、彼女の胸で大号泣。

琴音としては大満足。

「頑張った、頑張った。……ふふっ！」

労いつつも、頬に目一杯力を入れて爆笑を必死に堪え続ける。

愛の形は人それぞれである。

「さーて。茶番——、ではなく3人の告白も終わり、いよいよ最後の彼氏、傘井君の出番がやって参りました〜〜！」

（つ、ついに俺の番が……！）

夏彦としては何番目でも良かったのだが、空気の読めるスペシャリストなだけに、律儀に3人が叫び終わるのを待っていた。

忘れていた緊張が、ぶり返してくる。生唾を飲み込んだはずが鉛でも飲み込んだようで、ずっしりと重いモノが胃の中を流れていく。館内を反芻する声や拍手が、振動となってビリビリと生身の肌へぶつかってくる。

客観的に見れば、夏彦と未仔の優勝を疑う余地などない。

ホームとアウェイでたとえるなら絶対的ホーム。夏彦も気付いている。会場の熱狂じみた歓声であったり、期待や羨望の眼差しが自分たちに向けられていることに。

しかし、だからこそそのプレッシャーがすごい。

観客たちは、『優勝は当たり前。どういった告白で優勝を掴むのか』と夏彦に対して一回りも二回りも高いハードル越えを期待してしまっている。

ここまで大勢の熱を受けた経験がない。失礼な話、下っ端ポジションが板についている夏彦なだけに、アウェーや逆境のほうが思い切ったパフォーマンスをしやすいだろう。

不安やプレッシャーだらけだ。

観客一人ひとりの望む答えを出せないかもしれない。

期待して損したとガッカリされるかもしれない。

他のファイナリストに勝ちを譲ったほうが盛り上がるのかもしれない。

全部事実なのかもしれない。

それでも――、

「よし……！」

夏彦は絶対に逃げない。

何を言われようが後ずさらないし、目を背けない。

その理由は明白。

（頑張って、ナツ君っ！）

目の前にいる、かけがえのない彼女（みこ）のため。

懸命にエールを送り続ける彼女の期待に応えるため。

たった1人の幸せを願い、ちっぽけな男が全身に闘志を漲らせる。

時は満ちた。

肺をこれでもかと膨らまし、マイクを力いっぱい握り締める。

そして、声高々に言うのだ。


「お、俺は！　自分のことをとてつもなく平凡な男だと思っています！」

愛の叫びと思いきや、まさかの自己紹介。一同がズッコけそうになる。

ズッコけないで踏み留まれたのは、夏彦がしっかり言葉を続けるから。

「成績も運動神経も並で、取り分けユーモアがあるわけでもありません！　顔だって御覧のあり様です！」

自分で言っていて、悲しくなりそうなほど一般人。

「小さい頃から『自分は特別な存在、ヒーローにはなれない』と決めつけて、率先して誰もやりたがらないことばかりしてきました。ヒーローごっこをするときは戦闘団員、小学校の演劇では木の役、運動会では玉入れやムカデ競争ばかりです！」

戦隊モノでは赤が一番好きだったし、メイン役でなくとも喋る役がしたかった、走るのが好きだっただけにリレーに挑戦してみたかった。

いつからだろうか。

憧れや欲さえ薄れてしまったのは。

「席替えのクジで一番後ろの窓際を引いちゃったときは、目が悪いフリをして最前列へと移動してました。マリカやスマブラをするときは、キャラが被らないように皆が選び終わるのを待ってから選んでました。ヘイホーやガオガエンが好きだと思われていましたが、本当は、ほねクッパやフォックスでプレイしたかったです！」

館内がひっそりと静まるのは、「ダサい奴だ」と呆れていたり、「知らんがな」と言葉を失っている観客が多いからなのかもしれない。

それでも、口を開かずに耳を傾け続けてしまうのは、少なからず共感を覚えている観客もいるからなのだろう。

夏彦は過去を思い出して苦く笑う。

「皆は『気配りができる、空気が読める』と俺の事を言ってくれますが、今思えば損な役回りを自分から選ぶことで、自分を守ろうとしていただけなのかもしれません」

誰だって傷つくのは怖い。だけど、傷つけられるくらいなら、歯を食いしばって自分を傷つけたほうが幾分かマシと考えてしまう。

『選ばれる』より『選んだ』ほうがずっと心が軽いから。

「勝手に塞ぎ込んでたし、脇役ポジションが最適解なんだと思い込んでました。何なら、『自分は世界の中心にはなれないんだから、仕方ないじゃないか』と開き直ってさえいました」

　ここまで聞けば、悲しき男の寂しい愚痴話。

けれど、夏彦は微塵も悲しくなければ、これっぽっちも寂しくない。

「そんなある日です。俺の世界をガラリと変えてくれる女の子と再会したのは」

充実した日々を証明するかのように。

幸せな日々を感謝するかのように。

夏彦は観客側ではなく、ステージ上にいるたった1人の少女へと振り向く。

そのまま、にこやかな笑顔を送る。

「変えてくれた女の子の名前は、神崎未仔ちゃん。俺の彼女です」

最愛の彼女、未仔へと。

笑顔は作るものではない、自然に零れるもの。

未仔の柔らかくて優しい表情を見てしまえば、先ほどまでの緊張や苦かった過去も吹き飛んでしまう。スポットライトに照らされて宝石みたいにキラキラ輝く瞳に吸い込まれそうになってしまう。

今は安らいだり和んでいる場合ではない。

「司会の先輩が言っていた通り、俺と未仔ちゃんは小さい頃からの知り合いです。未仔ちゃんは新那(にいな)——、じゃなくて妹の親友で、その繋(つな)がりで時々一緒に遊ぶような仲でした」

夏彦が初めて会った未仔に抱いた感想は、『仔猫(こねこ)のような女の子』。

見た目も然(さ)ることながら、妹の背中に半身寄り添ってモジモジしたりソワソワしたり。目を合わせて会話することも、ままならなかった。

恥ずかしがり屋なだけで拒まれているわけではない。そんなことはガキんちょだった頃の夏彦もお見通し。だからこそ、小さな未仔へと温かく接し続ける。

打ち解けるようになるのに時間は掛からない。

妹の背中に隠れてばかりいた少女が、気付けば自分の隣に並んでくれるように。『お兄さん』ではなく、『ナツ君』と呼んでくれるように。

くじら公園で木登りしたり、逆上がりの練習を手伝ったり、缶蹴りをしたり。

夏祭りで迷子になった妹を一緒に探したり、小学校の飼育小屋で一緒にウサギの世話をしたり。何気ない日々を一緒に過ごした。

友達でもあり、妹のような女の子。

小学高学年くらいまでの夏彦は、未仔に対して本気でそう思っていた。

とはいえ、大前提に『妹の友達』がある。

友達の友達といったところか。新那を介さないときは突発的なイベントが発生しない限り、二人っきりで遊ぶようなことをしたことがなかった。

結果、小学校を卒業したあたりから疎遠がちになる。

時が経てば経つほど、友達や兄妹のようだと思っていたのは自分だけだと思い込むようになる。妹の友達という印象が一層と色濃くなる。

故に衝撃的だった。

「綺麗になった未仔ちゃんと再会しただけでもビックリなのに、告白されたときは本当に頭が真っ白でした。話が急展開すぎて、ドッキリの文字が頭にチラついたくらいです」

幸せ慣れしていなかった夏彦なだけに、高台で告白されたときは返事をするどころの騒ぎではなかった。カフェに着いてからも心ここにあらずで、飲めもしないブラックコーヒーを頼んで大失敗もした。

主観的に見てもダメダメ。親友やクラスメイトにレンタル彼女や美人局の疑惑を掛けられるのも無理はない。

己のダメさ加減はさておき。

「ですが、ドッキリの文字がチラついたのは一瞬だけです」

琥珀たちは知らない。けれど、旧知の仲である夏彦は知っている。

幼い頃の未仔は、絶対に他人を傷つけるような嘘をつかない子だったということを。

カフェで少し話せば、今も昔も変わらない優しい子だと知るのは容易かった。

恋人になった未仔を愛して止まなくなるのは非常に容易かった。

「未仔ちゃんが俺との思い出を1つ1つ話してくれるんです。そのときの表情が、それはもう堪らなく可愛くて可愛くて。何気ない思い出も宝物のように――、ううん。宝物として話してくれるんです！」

一見すると只の惚気話。けれど、恋人への想いを宝物のように熱く語る夏彦なだけに、観客は茶々を入れることすらしない。

未仔も聞き入ってしまう。

何よりもちゃんと伝わっていることに安心してしまう。

「自分では当たり前と思っていたり、誰も気付かないような細かいところも未仔ちゃんは気付いてくれるんです！　誰よりも優しい子が俺の事を優しいと褒めてくれるんです！」

他人を想っての人助けが、善意ではなく自己防衛のためかもと卑屈になってしまうことも多かった。直ぐ一歩も二歩も下がる自分に、後ろめたさを感じることも多かった。

「自信の無い俺に、もっと自信を持っていいと教えてくれるんです！　ヒーローになれない、主人公になれないと思っていた俺を本気で輝かせてくれるんです！　そんなの好きになるに決まってるじゃないですか！」

彼女に相応しい男になりたい、もっと好きになってもらいたい。

「俺のために料理の勉強をしてくれたり、お父さんに猛反対されても俺と同じ高校に入ってくれたんです！　そんなの守りたいって思うに決まってるじゃないですか！」

声を張り上げれば張り上げるほど、夏彦の目頭が熱くなる。

張り上げているからではなく、想いが溢れるからだろう。

想いと一緒に涙が溢れる。

不思議な感情だった。苦しさや辛さは微塵もない。何なら朗らかな気持ちで満たされている。にも拘わらず、顔がグチャグチャになる。

涙の理由は分かっている。

大好きだから、愛して止まないから。

「高校を卒業しても一緒にいたいです！　何なら同じ大学に入りたいし、同棲だってしてみたいです！」

涙を拭く時間さえ勿体ない。

涙を拭く時間、俯く時間があるのならもっと伝えたい。

「いつまでも幸せな関係でい続けたいです！　社会人なっても、結婚して子供が生まれても！　腰が曲がるくらいお爺ちゃんお婆ちゃんになっても！」

未仔に相応しい男になるまでと、ずっと我慢してきた。

関係ない。ちっぽけなプライドなんてクソくらえ。

「重いかもだけど！　というか、実際めちゃくちゃ重いけど！　本気で一生いたいです！　一生どころか、何度生まれ変わっても一緒にいたいです！」

今一度、夏彦が振り返る。

決意を固めるため。何よりも、かけがえのない彼女のため。

ありったけの気持ちを叫ぶ。

「未仔ちゃ〜〜〜ん!!!　末永く幸せにしまぁぁぁぁ――――す!!!」

息の続く限り。どこまでも、どこまでも。

伝わっている。

伝わらないわけがない。

「ナツ君っ……！　ううぅ……！」

未仔が大きな双眸を目一杯濡らす。胸の内側から止めどない感情が込み上げる。

悲しいから泣いているのではない。

大好きだから、愛して止まないから。

「はいっ……！　何度生まれ変わっても幸せにしてください……！」

キレイな涙を流しつつ、未仔が晴れやかな笑顔で答える。

恋人がどうしようもなく愛おしい。

我慢する必要などない。

互いが駆け寄れば、互いを抱きしめ合う。

夏彦を照らしていたスポットライト、未仔を照らしていたスポットライトが重なり合い、さらに色濃く二人を輝かせる。

まさに二人だけの世界。

圧倒的すぎる終幕に、観客たちは静まり返ったまま。

戸惑っている。盛り上がったほうが良いのか、このまま見守り続けたほうが良いのか。

答えは簡単。

盛り上がったほうが良いに決まってる。

「ナツ、よぉ言った！　よっ！　世界一のバカップル！」

「ミィちゃ～～ん！　絶対幸せになるんだよ～～～♪」

祝ったほうが良いに決まってる。祝いたいに決まってる。

立ち上がった琥珀と新那が、声を大にして親友たちを称える。

勿論、この二人も立ち上がっていて、

「奏、なんでお前も泣いてんだよ」

「ううぅ～～……！　だって、可愛い後輩2人がずっと幸せになるって言うから～！」

「なんじゃそりゃ」と草次が口角を上げれば、「式には私たちも呼んでね～！」と奏がハンカチ片手に大号泣。

二人だけの世界に入っていた夏彦と未仔も、親友たちの祝福に気付けば、

「「あははっ♪」」

抱き着いたまま、一層嬉しい気持ちで満たされる。

観客や参加者たちも我慢の限界のようだ。今現在、世界一幸せなカップルを祝わずにはいられないと、

「優勝というか結婚おめでとー！　末永くお幸せに～～！」

「俺らの希望の星かよっ……！　泣かすんじゃねえ、コンチクショ――！」

「ありがと――っ！　平凡な主人公とちいかわなヒロイン〜〜〜！」

ボルテージは最大限。「「「「ナッツミコ！　ナッツミコ！　ナッツミコ！」」」」とスタンディングオベーション待ったなし。僻んでいた非リア充、勝ちを争っていたカップル、MCのお姉さんまでも手を叩いたり、声援を送り続けたり。

挙句の果てには、

「「「「キッス！　キッス！　キッス！」」」」

「ええ!?　キ、キス!?」

『幸せなら手を叩こう』では生温い。『幸せなら、キスしましょう』と、ナツミココールからキスコールへ早変わり。

ゲームでもなければ、課題でもない。強制でもないのだから、適当に愛想笑いしておけば事なきを得ることもできただろう。

とはいえ、ノリと勢いも大事なわけで。

大前提――、

「!?　み、みみみ未仔ちゃん!?」

小さなヒロインは、平凡な主人公を大好きすぎるわけで。

キスコールに戸惑う夏彦へ不意打ち。背伸びした未仔が、自分の唇を彼氏の唇へと押し付ける。

そして、天真爛漫（てんしんらんまん）なスマイルのまま、

「えへへ……♪　ナツ君がカッコ良かったのでついつい♪」

まさに未仔しか勝たん。

「～～～っ！　やっぱり未仔ちゃんは最高の彼女です……っ！」

彼女の柔らかい感触、柔らかい表情に夏彦陥落。

「「「「ワァァァァァ～～～～！」」」」と、今日一番の歓声が館内に沸き起こったのは言うまでもない。

※　※　※

文化祭も終了し、すっかり空が深く染まっていく。

文化祭一色だった校内もすっかり解体作業は終わっていて、今では普段の学校と何ら変わりない。明日からでも授業や部活を行えるくらいだろう。

メインイベントは終わった。

とはいえ、祭はまだまだ続いている。

「「「「こ・は・く！　こ・は・く！　こ・は・く！」」」」

夏彦クラスでは、男子どもを筆頭に琥珀を崇める祭りが絶賛開催中。

何故、こんなことになっているかというと、『現代版ロミオとジュリエット』がステージ部門でＭＶＰに選ばれたから。

「ヒャハハハハ！　せや！　ウチが主演女優賞の冴木琥珀や――――！」

というわけで琥珀も上機嫌。ただでさえ高い鼻梁が天狗くらい伸びる勢いだし、天井目掛けて人差し指を突き出せば、「「「「いっちばん！　いっちばん！　いっちばん！」」」」と塩谷や逆瀬たらもピョンピョン跳ね続ける。

教祖様の生誕祭ではない。打ち上げである。

「ナツ、美酒を用意せい」

「ジュースな」

ツッコむだけ無駄。呆れつつも夏彦は、勉強机に置かれた数本の１・５Ｌペットボトルからコーラをチョイスし、紙コップへと注いでいく。

受け取ったコーラをＣＭ狙っとんのかというくらい琥珀は豪快にグビれば、

「くぅぅぅ〜〜〜！　五臓六腑に染み渡るぅ〜〜〜！」

強炭酸が渇いた喉へと力強く弾け、そりゃもう笑顔もシュワッシュワ。

「いやはや♪　仕事明けの一杯は格別やなぁ」

「アドリブだらけじゃなかったら、もっと美味しいコーラになったかもしれないのに」

「ノンノンノン。臨機応変、その場の雰囲気に合った演技ができてこそ芝居に花が咲くってもんやで」

「一夜漬けでセリフ覚えた奴の言葉じゃねえ……」

草しか生えないクレームも何のその。ケラケラケラ！　と大爆笑する琥珀は酔いしれているのか、酔っぱらっているのか。

前者にせよ後者にせよ。親友のテンションが高ければ、夏彦もつられて嬉しい気持ちになる。

一方その頃、もう1人の親友。

「「「「いえ〜〜〜い♪」」」」

「………」

傍から見ればハーレムまっしぐら。主人公を務めた草次の周りには沢山の女子がキャイキャイ大はしゃぎで撮影会を実施中。

無の表情でさえファンクラブの人間としては飯ウマ案件で、記念撮影どころか謝罪会見かよと言いたくなるくらいフラッシュを焚き続ける。

省エネタイプ、ましてや柄にもないことを今日1日してきた草次なだけに、中々にお疲れムードのようだ。

塩対応すれば、糖分を欲するのも無理もない。

「夏彦、俺にもコーラくれ」

「あれ？　草次用に缶コーヒーも用意してるのに」

「飲まないとやってられん日もある」

これまたCM狙ってんのかというレベル。壁にもたれつつ、受け取った紙コップをゆっくり傾ける草次の姿は、ウイスキーを嗜むハードボイルドさが滲み出ている。

普段の草次であれば打ち上げに参加せずに直帰していただろう。

そんな公務員気質な男が教室に残ってくれたり、塩対応ながら撮影会にも応じるのは、クラスメイトたちにとって掛けがえのない1日だと理解しているから。ノリが悪いだけで空気が読めないわけではないのだ。

そんなツンデレ気質な親友だからこそ、内情を知る夏彦は嬉しくなる。

ニコニコする親友に、二人は何を思うだろう。

「ナツボケカスコラァ。何ニヤついとんねん」

「ほんとな。誰の提案のせいで、俺らが苦労したと思ってんだよ」

「……おおう」

二人の感想。

お前の罪は重い。

終わり良ければ全て良し、有終の美を飾ればオールＯＫ、などと綺麗事で片付けられるわけねーだろと、美男美女のジト目がＷパンチで突き刺さる。

「全く、世知辛い世の中やで。クラスを優勝に導いたウチと草次には賞品ナシで、彼女と乳繰り合ったド阿呆には賞品アリなんやから」

「なっ――!?」

唐突なクレームに、夏彦の顔面が羞恥で染め上がる。

「ち、乳繰り合ってなんかねーわ！」

「はてさて。デコに付いたホイップクリームをパクリされ、鼻の下が緩み散らかしたのは、どこのどいつやっけ？」

「ぐっ……！」

「あの程度のイチャイチャは乳繰り合いには入らんと？　ほっほ〜。無人島に彼女を連れて行く奴はスケールが壮大やなぁ〜」

「ぐぐっ！」

「恋しかったら叫んでええんやで？　ぷぷぷっ！　『未仔ちゃ〜〜〜ん！　末永く幸せにしまぁぁぁ――す！』って」

「〜〜〜っ！　人の告白をバカにするなぁ〜〜〜！」

恋しいからではなく恥ずかしいから叫ぶ。ステージ上ではアドレナリンＭＡＸだったからこそできた所業であり、全てを出し切った今では公衆の面前で愛を叫ぶなどできるわけがなく。

琥珀は抱腹絶倒し、いつもは呆れる側の草次も白い歯が見えるくらい笑う。

勿論、二人は本気で恨んでなどいない。夏彦をイジりたいだけ。

自己主張の弱い友が、一皮剥けるどころか脱皮して進化するくらいのことをやってのけたのだ。スタンディングオベーションで祝福するだけでなく、イジりたくなるのが友達という生き物だろう。

気の知れた友たちだけではない。

「おっ⁉　また傘井が叫ぶのか⁉」「傘井君、ほんとに彼女好きだよね〜♪」「羨ましいから早く生まれ変われ！」「はじけて　まざれっ‼」などなど。

日々を一緒に過ごすクラスメイトらも、平凡な主人公をイジりにイジる。

祝福5割、イジり4割、妬み1割のブレンド。

「恥ずかしいっ！　——けど、嬉しさもある……！」
幸せボケな男、ここにありけり。
そんな光景を出入り口から、ひっそり覗く女の子が約一名。
（ううっ。入りづらいよぅ……！）
未仔、顔をポッポさせたりモジモジしたり。
そりゃ入りづらいだろう。渦中の相方どころか、自分も渦中の1人なのだから。
さすが夏彦。
大一番を終えて感度ビンビンなのか。もとより、未仔に関するエキスパートだからか。
「その気配は……、未仔ちゃん⁉」
いち早くバカレシが未仔を発見する。
出入り口へとクラスメイトの注目が集まれば、
「ど、どもです……」
ハニカミつつも、未仔がコンニチワ。
お嫁ちゃん登場。案の定、沸いていた教室がさらに盛り上がる。
夏彦に「おいでおいで」と手招きされれば、未仔が一歩、二歩と歩き出す。
「「「「ＭＶＰ！　ＭＶＰ！　ＭＶＰ！」」」」とコールが鳴り響けば、

歩いてなんかいられない。恥ずかしさを隠すべく、全力で駆け寄ってきた未仔が勢いそのままに夏彦へとジャンピングハグ。

解決方法はエスケープではなく、夏彦に甘えん坊すること。

彼氏も彼氏なら、彼女も彼女。

リア充爆発しろという言葉がピッタリすぎる。

「みみみみ未仔ちゃん⁉」

「〜〜〜！」

祝福されたり、もてはやされるのは嬉しい。

とはいえ、二人だけで過ごす時間も恋しいわけで。

「えへへ♪　久々の二人っきり〜♪」

（あぁ……。本当に天使!!!）

未仔、久々の定義が緩々。

今日は存分にスキンシップしたはずなのに、文化祭とその後では別腹らしい。

教室外にあるベランダにて。地べたに座った夏彦を座椅子代わりに、未仔が夏彦へと腰かけて甘い時間を過ごしている。

秋も終わる季節柄、恋人のポカポカとした体温が心地良い。

夏彦はついつい彼女をギュッと抱きしめてしまうし、未仔は未仔で、もっと彼氏に甘えたいと深々寄りかかってしまう。

『ちょっと迷惑かな？』くらいが、互いにとって最高に丁度良いのだ。

「ナツ君っ、今日は文化祭楽しかったね」

「うん！　今まで経験してきた文化祭の中で、ダントツで1番だった！」

決して大袈裟ではないからこそ、未仔も「激しく同意です♪」と軽やかに口ずさむ。

演劇やメイド喫茶で目まぐるしく働いたり、B級グルメやスイーツを食べて回ったり、お化け屋敷で阿鼻叫喚したり、カップル聖地の屋上でイチャイチャしたり。

そして、カップルコンテストで一層と強い絆で結ばれたり。

「あ。そうだ」

夏彦が思い出したように口を開けば、ちょっと失礼しますよと自身の内ポケットに手を突っ込む。

モゾモゾする彼氏の様子を不思議そうに眺めていた未仔も、夏彦の手に握られたモノを見れば直ぐに理解する。

そのモノとは、カップルコンテストに優勝した二人に贈られた賞品。

豪華絢爛（ごうかけんらん）、分かりやすく虹色ラメが散りばめられた紙封筒のシールを剝（は）がせば――、

「お～……！」

中に入っているのはギフトカード。

夏彦と未仔が初めてデートで行ったショッピングモールで使える商品券のようだ。

大型施設なだけに、服や雑貨をお揃（そろ）いで買うも良し、スイーツやディナーを堪能するも良し、映画やカラオケなどのアミューズメントで遊び尽くすも良し。

『今年のカップルコンテストには力を入れている』と実行委員が豪語していただけあり、非常にありがたい優勝景品といえよう。

「おおう……。めちゃくちゃ沢山入ってるね……！」

「う、うん……。申し訳なさを感じちゃうくらい入ってます……！」

さすがはお人好（ひとよ）しカップル。十二分な報酬に気が引けまくり。

あんまり知らない親戚から貰（もら）ったお年玉が想像以上の額だった的な。そんなあるあるを感じるくらい。祖父母からの入学祝いが引くくらいの額だった的な。

とはいえ、拾ったりパクったりしたわけではない。

二人が摑（つか）んで手に入れたものだ。

「優勝したご褒美なわけだしさ。この際、パァ～～っと使っちゃおっか！」

「そうそう。たとえばそうだな……。少し先の話になるけど、クリスマスデートで贅沢しちゃうとか」

「パァ〜〜っと？」

「クリス、マス……？」

未仔、まるでクリスマスをご存知でないような。

あどけない容姿でキョトンとする姿は非常にラブリーなものの、夏彦はなぜ未仔が固まってしまったのか分からない。

未仔ちゃんって生粋の仏教徒なのかな？　昨今の女子高生にとってクリスマスは死語？　天使の生まれ変わりだしキリスト知らないとか？

自分でも何言ってるのか分からないことを考えることしばらく。

「えっとね。クリスマスっていうのは、イエス・キリストさんの誕生を祝う――、」

教えを説こうとする瞬間だった。

「やった〜〜♪　ナツ君とクリスマスデートだぁ〜〜♪」

「みみみみ未仔ちゃん!?」

『もたれてる場合じゃない、もっと甘える場合』だと、180度振り返った未仔が夏彦へとムギユゥゥゥ〜〜〜！　とピットリ交わる。

「えへへ。ナツ君とクリスマスデートするのにずっと憧れてたから」

「そう、なの？」

「そうなのっ。だから、夢が実現しちゃいました♪」

（あぁ……。何どこの子は、つま先から頭のてっぺんまで全部可愛いんだろう……！）

にぱぁ、と鼻先が当たるくらいの距離で笑顔が咲き誇れば、そりゃコッチまで笑顔が伝染ってしまう。

未仔が思い出したようにクスクスと肩を揺らす。

「クリスマスの日、お父さん悲しんじゃうだろうな」

「えっ」

「ウチの家族ね。クリスマスは毎年一緒に過ごしてたから」

「おおう……」

未仔父が悲しむというより、自分が潰されるビジョンが脳内再生余裕。

「まぁその――、誠に遺憾ではありますが、お父さんは前倒しのイヴに楽しんでいただければと……」

「イヴの日は、にーなちゃんと毎年遊ぶので♪」

夏彦は今になって思い出す。妹と彼女が、毎年イヴの日はホームパーティしたりお出かけしていることを。

申し訳なさげな反応をする夏彦の両手を、未仔が優しく握り締める。

「気を遣わないで大丈夫だよ。ドタキャンするわけじゃないし、恒例行事っぽくなってるだけだから」

「……ほんと？」

「うんっ」と大きなリボンが揺れるくらい晴れやかに未仔は頷く。

そして、晴れやかな気持ちも彼氏にお届け。

「これからのクリスマスは、未来の旦那様と一緒に過ごすのが恒例行事です♪」

「〜〜〜っ！」

未来のお嫁さんからの刺激的すぎる言葉は、早すぎるクリスマスプレゼント。

「くぅぅ〜〜〜！　メリークリスマス……!!!」

「ふふっ♪　まだ11月だよ？」

二人のやり取りは、肌寒さや空の暗さを全く感じさせない。

後の祭りという言葉が良いイメージに思えてしまう。

そんな錯覚を起こしてしまうくらい、文化祭が終わった後の夏彦と未仔は、どこまでも幸せいっぱいに愛を育み合う。

エピローグ：これからも、いつまでも

世はクリスマスムード一色。

街の至るところから陽気な音楽が流れ、店や施設を彩る電飾たちが寒空を温かく照らし続けている。

人々の表情も負けじと温かい。サンタを歓迎する日のはずが、「もう1週間くらい遅れても大丈夫です」と断りを入れてしまいそうなくらいだ。

各々がそれぞれのクリスマスを謳歌する。

友達同士で集まったり、家族で過ごしたり、ソロ充に磨きをかけたり。

カップルで愛を育み合ったり。

「えへへ。幸せだなぁ♪」

「うんうんっ。分かりみしか感じない！」

夏彦と未仔もクリスマスを満喫していた。

ショッピングモールでのデートは大成功。雑貨や服を軽く見て回った後、予約してあったビュッフェスタイルのレストランで豪華なディナー。

高校生にしては少々背伸びした食事ではあったが、年に一度、ましてや付き合って初めてのクリスマスだ。見栄(みえ)を張るくらいしても罰は当たらないだろう。ちょっと早めのディナーを終えた二人は、屋上庭園で温かいドリンク片手にまったり雑談する予定だった。

しかし、それはフェイク。

「ナツ君、どこに行くの？」

「まだ内緒だよ。着いてからのお楽しみ！」

夏彦の独断とサプライズによって、目的地は伏せられたまま。

地元の駅へと到着し、普段とは反対の西口から出る。

街を抜け、路地や歩道を進み、奥へ奥へ。

仲良しこよし、恋人繋(つな)ぎで談笑しつつ歩き続けることしばらく。

「未仔ちゃん、目を開けていいよ」

「は、はいですっ」

目的地手前。夏彦の指示によって目を瞑(つぶ)っていた未仔が、ゆっくりと顔を上げる。

そして——、

「わぁ～～……！」

目前に広がる景色に感嘆の声を漏らす。

夏彦と未仔の視界いっぱいに映るのは、大きな大きなクリスマスツリー。

住宅街の中央広場にいるはずが、まるでナイトパレードに招待されたような。

中央メインの巨木にはたっぷりのイルミネーションが施され、輝かしくも柔らかい光が辺り一帯を包み込む。周囲に植えられた木々には青色ＬＥＤが控えめに灯り、美しく主役を引き立てる。

さらに彩りを加えるのは、降り注ぐ天然の雪だろう。白い結晶が光を宿し、一層と神秘的な空間を醸し出している。

「ナツ君、ナツ君っ！　すっごく綺麗だね！」

(君はすっごく可愛いです……！)

クリスマスツリーにはしゃぐ彼女に、バカレシ浄化必至。

「どうしてナツ君は、この場所に大きなツリーがあることを知ってるの？」

「ああ。実はね、子供の頃にたまたま見つけたんだよ」

まだ夏彦が小学生の頃の話だ。クリスマスの日に家族で遠出した帰り道、車の中でウトウトしている夏彦の瞳に、輝かしいクリスマスツリーが飛び込んでくる。

「近くの工務店のおじさんたちが毎年飾ってくれてるらしくてさ。イヴの日には、子供たちが集まって、プレゼント交換やビンゴ大会するんだとか」

「へ〜。こんな穴場スポットがあるなんて全然知らなかったです……！」

「『今年もあるかな？』って前もって足を運んだら、『今年も任せとけ！』っておじさんたちから頼もしい言葉を貰えたんだよね」

「！　——ということは、わざわざ下見してくれてたの？」

「うん！　この光景は絶対未仔ちゃんに見てほしかったからさ」

「っ……！」

夏彦の晴れやかな表情や言葉を聞けば、未仔はキュッと心を鷲掴みされてしまう。強く掴まれているはずなのに痛さは感じない。むしろ心地良い。

「ナツ君っ、素敵な場所を教えてくれてありがとう」

彼氏に負けじと真っ直ぐな言葉で感謝を告げた未仔は、「もっと目に焼き付けないと」と、煌びやかなイルミネーションが施された木々を1本1本見渡していく。

夏彦としては、ツリーに見惚れる未仔に見惚れるしかない。

彼女の笑顔は100万ドルの夜景にも負けず劣らず。むしろ、圧勝のプライスレス。

この場所に連れて来て良かったと改めて思う。

そして、彼女のことが大好きすぎると改めて痛感する。

全部がどうしようもなく好き。クリッと真ん丸な瞳、笑うと少しできるえくぼ、風で飛んでしまいそうなくらい小さな背丈。手入れされたミルクブラウンの三つ編みやトレードマークの大きなリボン。甘えん坊で直ぐに抱き着いてきたり、キスをせがんでくるところ。恥ずかしがり屋なのに自分のことになると我を忘れてくれるところであったり。

白く吐かれた息すら恋しくなってしまうくらいだ。

どうしようもなく好きだからこそ、

「未仔ちゃん」

「？？？」

未仔の正面へ立った夏彦は、コートのポケットに入れておいた小さな箱を取り出す。

今日のデート中、それどころか最近ずっと肌身離さず持っていた大切なモノ。

「クリスマスプレゼントなので受け取ってください」

夏彦がゆっくりと丁寧に箱を開く。

「これって……」

未仔の双眸に映り込むプレゼントは――、

その正体は指輪。

クリスタルが嵌め込まれたシンプルなデザインのもので、ピンクゴールドの色合いが温かくも柔らかい光を帯びている。

「冬休み前にさ。琥珀と草次と一緒に短期バイトに行くって伝えてたでしょ？　そのバイト代で買ったんだ」

夏のアルバイトでの二の舞になるわけにはいかないと、きちんと事前報告してから、せっせと仕事に勤しんだ。朝から晩まで警備員として赤いライトセーバーを振り続けた。

ちなみに草次は奏へのクリスマスプレゼントを買うため。琥珀は応答速度１ｍｓの高性能ゲーミングモニターを買うため。

「あはは……。給料３か月分とかじゃないのが申し訳ないんだけど」

婚約指輪というわけではないものの、連想させるプレゼント、連想してもらうためのプレゼントなだけに夏彦には照れっぽさがある。

とはいえ、罪悪感や照れっぽさなど感じる必要は皆無。

「ううん！　申し訳ないなんて、そんなの有り得ないよ！」

驚きと喜びに満ちた表情、しっかりとメッセージを受け取ってくれた未仔を見れば、安堵感や幸福感にしか包まれない。

夢か現実か。夢見心地の未仔は、小さな箱から指輪を手に取ろうとする。

――と思いきや。

「ナツ君、……いい？」

直ぐに彼女の意図を理解する。もとより自分自身がそうしたいと思っていた。

頷いた夏彦は、代わりに指輪を手に取る。

そのまま未仔の細く白い指へと、そっと指輪をはめてみせる。

勿論、はめた先は左の薬指。

「えへへ。宝物が増えちゃいました♪」

溢れ出る幸せを芽吹かせるように、言葉の意味を実行するように。未仔は指輪の付いた指を愛しさたっぷりに握り包む。

そんな愛しさたっぷり彼女を見てしまえば、彼氏が我慢できるわけもなく。

「未仔ちゃんが大大大好きです!!!」

大きなクリスマスツリーの下、夏彦は宝物である未仔を抱きしめてしまう。

いきなりの抱擁も何のその。「私もナツ君が大大大好きです♪」と、未仔も負けじと抱擁返し。

パートナーの前だけでは遠慮しない。

だからこそ、そのまま唇を重ね合う。長く、深く。

幻想的なイルミネーションが二人を祝福し、一層と二人だけの世界を輝かせてくれる。

恋人を想う気持ちが日々更新されていく。

初めて出会ったときよりも、再会して付き合うようになったときよりも。

文化祭のときよりも、互いが互いをさらに好きになっている。

クリスマスを過ぎた明日にはもっと。

同じ苗字になる頃には、もっともっと。

「あのね。ナツ君、今からウチに来ない？」

「え!?」

「ケーキを焼いたから、用意したプレゼントも置いてきちゃったの」

夏彦もサプライズを計画したように、未仔は未仔で計画していたようだ。

「俺としては、『むしろいいの？』って聞きたいくらいだけど……。本当にお邪魔していいの？」

「うんっ！　お母さんとお父さん、今日は遅くまで帰ってこないから気兼ねなく♪」

「えええ!?」

聖なるクリスマス。

家族のいない二人っきりの空間で気兼ねなく……？

愛する気持ちが昂りに昂った今現在。内なる欲望を抑えられる自信がない夏彦なだけに、フリーズを知らせるエラー通知がピコンピコンと頭で鳴り続ける。

大好きな彼女のあんな姿やこんな姿。

以前のエッチすぎるランジェリー姿であったり、ミニスカサンタコスであったり、赤と緑のリボンでラッピングされたエチエチな恰好(かっこう)だったり。

極上ランクな妄想をすれば、脳内サーバーはパンク寸前。

しかし、過激な妄想、あられもない姿を妄想する必要なんてない。

何故(なぜ)ならば――、

「お母さんがね、『娘のことをよろしくね』って」

「!? お、お母様が!?」

未仔からというより、未仔母からの不意打ちクリスマスプレゼント。

「ち、ちなみになんだけど。お父様から何かメッセージはある……？」

「そっちは大丈夫でーす♪」

「絶対大丈夫じゃないパターンだ！」

ちなみに、未仔父からのメッセージは、「生半可な覚悟で娘に手を出すなよ？」である。

伝えても良いメッセージではあるのだろう。

それでも未仔が直接伝えようとしないのは、夏彦の覚悟を既に受け取っているからに違いない。

「ナツ君、帰ろっか♪」

「えっ⁉　あ、うん！」

決してノリと勢いなんかではない。

夏彦だって言わずもがな覚悟は決めている。

だからこそ、彼女に手や腕を引っ張られるのではなく、しっかりと歩幅を揃えて一緒に歩き始める。

これからも、いつまでも。

あとがき

お久しぶりです、凪木です。

3巻発売から1年以上も経過していることに作者自身もビックリ……！

おっぱいフレンズには長い間、焦らしプレイまがいなことをさせてしまい、大変申し訳ありませんでした。放置プレイという言葉ではなく焦らしプレイという言葉を採用したのは、少しでも皆さんの溜飲を下げようと試みた結果でございます。

フレンズよ、振りかざした拳を下げてください。本当にごめんなさい！


4巻いかがだったでしょう？　おぱもみ、ナツミコの集大成とすべく、最大の糖分を皆さんの口にブチ込むべく、一生懸命パソコンカタカタしました。

気分は、野球のキャッチャーといったところでしょうか。

「フレンズの求めているのはストレートなイチャイチャだ！」

「ド直球連投は飽きが来る……。ここは変化を付けてチェンジアップ！」

「物語も終盤、糖分過多でフレンズは麻痺してるはず！　必殺！　クロスファイヤーハリケェエエン〜〜〜!!!」

　などなど。自分でもちょっと何言ってるのか分かりません。

　こんなハイテンションで乗り切れるのなら、悪魔にでもガールズバーのチャンネーにだって魂を売るのですが、そうは問屋が卸さないのが人生です。

　僕の脳内にいるピッチャー凪木がヘナチョコおティンティンすぎて、全然キャッチャー凪木の言うことを聞いてくれないのなんの。

「ストレートの気分じゃないから、申告敬遠オナシャス」

「ちぇんじあっぷ？　何それ美味しいの？？？」

「痛覚も麻痺してるやろし、デッドボールでもええやろ。死にさらせぇぇぇ〜〜！」

などなど。琥珀にまで毒される毎日。

　思い通り投げてくれたのに、ボコスカと場外ホームラン打たれたり、助っ人外国人のフルスイングしたバッドが、キャッチャー凪木の後頭部にメタクソめり込んだり。

　疲弊した身体を癒すべく、未仔の可愛いイラストをオカズ――、じゃなくて肴に日本酒やビールを飲む日々。気持ち悪さに拍車を掛けたねとか思うんじゃねぇ。

　3割の冗談はさておき。これだけは言わせてください。

　アホほど紆余曲折したものの、間違いなくベストを尽くして書き切りました！

間違いなく夏彦(なつひこ)は、物語を通して『普通で平凡な少年』から『世界一幸せで平凡な彼氏』になれました。間違いなく未仔は、『恥ずかしがり屋な少女』から『世界一幸せで優しさ溢(あふ)れる彼女』になれました。

二人の成長具合がフレンズにも伝わってくれていれば、すげー嬉(うれ)しいです。

伝わってるよね？　よね⁉

最後に謝辞を。今回のあとがきは3ページだけやから、諸々(もろもろ)カツカツで申し訳ない！

担当さん。デビュー当時からお世話になりっぱなしで、今回は特にお世話になりっぱなしでした。焼き土下座で勘弁してください。圧倒的感謝！

白クマシェイクさん。大変お待たせしてしまったにも拘(かか)わらず、今巻も快く引き受けていただきありがとうございます。未仔たちのイラストは未来永劫(みらいえいごう)、僕たちおっぱいフレンズの財産です！　改めまして、スペシャルサンクス!!!

ラストは勿論、おっぱいフレンズ。本当に感謝でいっぱいです！

否(いな)！　感謝でおっぱいです！　おっぱいフレンズよ、永久に幸あれいっ!!!

それでは皆さん、またお会いしましょう！

凪木エコ

『おっぱい揉みたい』って叫んだら、妹の友達と付き合うことになりました。4

著　凪木エコ

角川スニーカー文庫　23076
2023年4月1日　初版発行

発行者　山下直久
発　行　株式会社KADOKAWA
〒102-8177 東京都千代田区富士見2-13-3
電話　0570-002-301（ナビダイヤル）

印刷所　株式会社暁印刷
製本所　本間製本株式会社

◇◇◇

Printed in Japan　ISBN 978-4-04-112303-4　C0193

★ご意見、ご感想をお送りください★
〒102-8177 東京都千代田区富士見 2-13-3
株式会社KADOKAWA　角川スニーカー文庫編集部気付
「凪木エコ」先生「白クマシェイク」先生